역사 소용돌이 속
전방부대에서 일어난 실화 소설

1980 화악산

제임스 리 지음

꿈과 비전
Dream & Vision Books

1980 화악산

목 차

이 소설 [1980 화악산]은 약 40년 전, 당시 역사의 소용돌이 속한 전방부대에서 벌어진 에피소드로부터 영감을 얻어 쓴 논픽션 소설이다.

제목의 1980에서 추측할 수 있듯이, 1980년에는 한국 현대역사에 있어서 가장 큰 획을 긋는 5.18이 정점에 자리하고 있다. 이 소설 역시 1970년대 중반의 암울한 시대적 배경을 필두로, 1980년도에 마지막 클라이맥스를 장식한다.

이 소설의 전체적인 흐름은, 전반부에는 군대 생활을 다룬 여느 소설처럼 일반 군생활 중 있을 법한 에피소드 등을 엮어 당시 너무나도 열악했던 군생활 모습을 조명하는 것으로부터 시작해, 뿌리 깊이 군내 내에 만연했던 구타, 동성애, 부조리 등의 편린을 하나씩 끄집어 내려고 노력했다.

후반부에서는 박 일병을 등장시켜 '보호배려병사(관심사병)' 문제뿐만 아니라, 당시 격동의 역사의 소용돌이 즉, 10.26, 12.12 그리고 5.18을 당시 한 전방부대에서 실제로 복무했던 병사인 '나'의 시각에서 재조명했다.

이렇게 독자들이 실감할 수 있도록 '나'라는 주인공을 설정하여 '1인칭 소설'로 각색을 함으로써, 독자들의 피부에 와 닿는 사실성과 더나아가 '나'의 심리묘사에 중점을 두려고 노력했다.

본문 내용 중 '양 병장'은 아무도 저항할 수 없는 막강한 권력으로, '박 일병'은 학창시절 반정부활동 중 체포되어 경찰에 고문을 당한 후, 학적변동자로 군대에 끌려온 '보호배려병사(관심사병)'로 등장한다.

이 소설의 후반부에, '박 일병'의 애인이 광주에서 계엄군에게 살해당하자 '박 일병'의 우울증은 더욱 악화되고, 마지막 장면에서는 '박 일병'이 "애인을 죽인 계엄군을 데려오라!"고 절규하는 장면이 등장한다. 이 부분을 '당시 책임자를 찾아내어 그에 상응하는 벌을 요청하는 것'으로 독자들이 해석한다면, 필자가 의도한 바대로 되는 셈이다.

결국 '박 일병'의 최후선택은 본문에 묘사된 '마지막으로 울린 한 발의 총성'으로 독자들의 판단에 맡기며 마무리되는데, 이는 우리 모두의 가슴을 향해 쏜 상징적 의미로 메아리처럼 지속적인 반향을 불러일으킬 것이라고 본다.

이 소설은 '나'를 통해 당시의 민낯을 조명한 사회고발 소설이다. 2017년 10월에 출간한 나의 또 다른 논픽션소설 [불법체류자]의 원고처럼 수십 년 전에 작성해놓고는 컴퓨터에 저장해오다가, 최근 이 이야기를 세상 밖으로 끄집어내야겠다는 간절함이 더해져 탈고를 서두르게 되었다.

그러나 당시 상황을 진실에 접근하여 쓰려다 보니 탈고하는데 몹시 마음고생이 극심하여, 글을 쓰는 내내 마음 한구석에는 감당할 수 없는 회한과 고뇌가 차곡차곡 쌓여만 갔다.

그리고 이 소설의 배경이 된 지역, 마을 등은 40여 년 전으로 거슬러 올라가 설정되었다. 40년이면 강산이 4번이나 바뀐다는 말처럼 지금은 당시와는 전혀 다른 새로운 모습으로 변모했기에, 이 글로 인해 당해 지역, 마을 등의 실제 '순수하고 아름다운 이미지'가 조금이라도 부정적으로 퇴색되지 않았으면 한다.

우리는 각자의 생활 속에서, 이 소설에 나오는 관심사병인 '박 일병'이 될 수도 있다. '박 일병'을 통해 투영된, 우리 모두가 던진 '부메랑'이 도로 원점으로 돌아와 우리 가슴에 꽂히는 현실을 그렸다는 점을 다시 상기하면서, 이 글을 마무리하고자 한다.

2018년 5월, 대한민국 서울에서
저자 제임스 리

Chapter 01

어머니의 절규

—

형의 가출

1974년 초였다.

아버지 사업이 부도나면서, 마포구 동교동 전화국 근처 재개발지구에 있는 단칸방월세를 간신히 얻어 부모님, 형 그리고 나 이렇게 네 식구가 급히 이사를 왔다. 당장 먹고 살 궁리를 해야 했던 아버지는 단칸방 앞 한쪽 한 평짜리 공간에 간이식탁 두 개를 설치하고 칼국수 집을 열었다.

폭우라도 오는 날에는 생철지붕 위에 비가 굉음을 내며 쏟아져 내렸고, 단칸방 벽지에는 빗물이 흘러들어 퀴퀴한 냄새와 함께 얼룩진 벽지가 너풀너풀 춤을 추었다.

다행히 이렇게 시작한 100원짜리 국수는 금방 인기를 얻어 인근 전화국직원들을 포함해 수많은 단골을 확보할 수 있었다.

그러나 국수를 온종일 팔아봤자 우리 가족이 하루하루 벌어먹기도 힘든 상황이 계속되었다. 그래서 그런지 아버지의 술주정은 날이 갈수록 더해만 갔다.

어느 날 밤에 집에 들어가니, 몸이 아파 고등학교를 중퇴한 형과 아버지가 뒤엉켜 치고받고 싸우고 있었다.

"야! 이 새끼야! 맨 날 술만 처먹고… 내 눈앞에서 썩 꺼져버려!"

아버지의 술에 취한 목소리가 들려왔다.

"알았어… 서로 안 보면 될 거 아냐!"

술에 취한 형 역시 대들듯이 대답했다.

"이게 어디다대고 말대답이야!"

다시 아버지의 음성이 들렸다.

"이젠 서로 보지 말자고!"

형이 다시 고함을 쳤다.

"저런! 저런!"

이어서 어머니의 속 터지는 소리가 다시 들렸다.

상황을 보니 아버지와 형 둘 다 술 취해서 그동안 쌓인 감정의 언어들이 여과되지 않은 채 거칠게 오가는 것 같았다.

사실 오늘만 이런 상황이 벌어진 것은 아니고, 인생을 포기한 두 사람 중 한 사람이라도 술만 마시면 항상 이렇게 야단법석이었다. 나는 불쌍한 어머니 때문에 거대한 감옥에 갇힌 죄수처럼 이 지옥을 탈출하지도 못하고, 이러지도 저러지도 못하는 상황에서 매일 가슴만 졸이며 살고 있었다. 아니, 이미 가슴이 새까맣게 타버렸다는 표현이 더 정확했다.

그로부터 며칠이 지난 어느 날이었다.

형은 주섬주섬 옷을 챙기고는 어디로 간다는 말도 없이 그냥 가출을 해버렸다. 형이 가출한 이후, 아버지의 술주정은 날이 갈수록 더해만 갔다. 매일매일 계속되는 아버지의 술주정과 폭력에 어머니의 몸은 성한 곳이 없었다.

결국엔 작년 여름에 위암 말기 선고를 받은 아버지는 약 한 첩 써보지도 못하고, 그냥 단칸방 하나를 가득 차지하고 누우셨다. 배를 만져보니 이미 암이 전신에 퍼져 돌덩어리처럼 딱딱해 있었고, 욕창이 심해진 등과 엉덩이에는 새끼 구더기들이 득실거렸다. 30도를 넘나드는 한여름 무더위 속에서, 살이 썩어 문드러지며 풍겨내는 역겨운 냄새가 좁아터진 방에 진동했다.

아버지의 사망

"아버지가 지금 막 돌아가셨어!"

어느 날 새벽, 밖에 있는 간이식탁에서 쪼그려 잠들고 있는 나를 어머니가 급히 흔들어 깨우셨다.

"……"

내 입에서는 아무 말도 나오지 않았다.

아버지는 향년 49세…결국 흔히 얘기하는 '아홉수'를 넘기지 못하셨다.

나는 현재 내가 할 수 있는 일이 아무것도 없었기에 '오히려 잘 됐다'라고 여겼다. 오히려 '이번 기회에 나를 포함해서 우리 가족 모두 이 세상에서 다 함께 없어졌으면'이라고 하는 게 솔직히 내가 갈망하는 바였다.

좁아터진 방의 문을 다 틀어막고 연탄을 피우든, 아파트 옥상처럼 높은 곳에서 떨어지든, 흉기로 스스로 손목의 동맥을 그어 버리든, 이 모든 것은 다 팔자소관이려니 라고 나는 생각했다.

나는 비몽사몽 상태에서 졸음이 가득한 눈을 손으로 비비며 조용히 방문을 열었다.

아버지가 평소 때와는 다른 모습으로 조용하게 눈을 감고 계시는 모습을 보게 되었다. 그동안 한 번도 보지 못했던, 처음으로 보는 평온한 모습이었다. 그러나 내 눈에서는 눈물 한 방울 나지 않았다. 그동안 같이 살면서 갈등으로 고통스러웠던 장면들이 주마등처럼 어지럽게 뇌리를 스쳐 지나갔다.

"작년에 가출했던 형은 그동안 염전 등지를 돌아다니며 아주 힘들게 막노동을 했었지…"

어머니가 흐느끼며, 처음으로 형에 대한 근황을 나에게 꺼내셨다.

"그 후에 무슨 생각인지 마음잡고 군에 자진 입대했단다."

"……"

나는 이번에도 아무 말도 하지 않았다.

"현재 강원도 화천에 있는 ○○ 사단에 잘 근무하고 있단다."

어머니는 형이 부대에서 보내온 편지봉투를 나에게 보여주면서 말씀하셨다.

나는 어머니 부탁으로 옆에 사는 통장 집으로 쭈르르 달러갔다.

"계세요? 통장님 계세요?"

통장 집에서는 아무 대답도 없었다.

"계세요?"

나는 다시 크게 외쳤다.

"누구요?"

조금 있으니, 길가로 나있는 조그만 창문을 통해 통장이 얼굴을 드러냈다.

"무슨 일이요?"

그는 평상시처럼 경직된 표정으로 말했다.

"통장님! 이 주소로 사망 전보 좀 급히 부탁드릴게요."

나는 숨을 헐떡이며 말했다.

"사망 전보라니, 누가 죽었소?"

그는 뜬금없는 표정을 지었다.

"우리 아버지가 오늘 새벽에 돌아가셨어요!"

나는 다시 크게 말했다.

"뭐라고? 알았어! 내가 빨리 처리할게!"

나는 일단 옆집에 사는 통장에게 부탁해서, 형이 있는 부대 주소로 급히 사망 전보를 보낼 수 있었다. 하루 지나서, 형은 강원도 화천에 있는 부대에서 특별휴가를 받아 집에 도착했다. 오랜만에 어머니, 형 그리고 나 이렇게 세 명의 식구가 모처럼 한자리에 모일 수 있었다.

삼복더위 속에 발인이 진행 되었다.

아버지 지인이라고 해봤자, 내가 어려서부터 술자리에서 가끔 봤던, 그래서 평소에도 별로 마주하기 싫어 인사도 하지 않았던 아버지의 술친구들 몇몇뿐이었다.

"빈손 들고 나왔다가 빈손으로 가는 인생…"

아버지 지인들이 관을 어깨에 메고 집 밖으로 나오면서, 장송곡 한 소절을 함께 구슬프게 부르기 시작했다. 그중 한 명이 밖에 엎어놓았던 바가지 하나를 발로 으깼다.

"장사를 치를 때에는 이렇게 바가지를 깨면서 원혼을 달래는 거야!"

아버지 지인 중 한 명이 우리 가족에게 이렇게 말하면서, 관을 영구차에 실었다. 우리는 아버지를 묘지로 모실 돈이 없어, 그나마 주위의 도움으로 아버지 관을 간신히 화장터로 운구할 수 있었다.

화장터에 도착해서 약 30분 정도 지나 화로를 배정받았다.

화장터 인부는 삼복더위에 더하여 화로에서 뿜어 나오는 열기로 인해 구슬땀을 비 오듯 흘리며, 아버지 관을 화로에 쑥 집어넣었다.

화로에서는 시뻘건 불길이 치솟았고, 조금 있으니까 순식간에 관의 형체가 사라져버렸다.

"아이고! 아이고!"

"아이고! 원통해서 어떻게 사나!"

평생 아버지로부터 구박만 받고 살았던, 하얀 소복을 입은 어머니 입으로부터 한 맺힌 곡소리가 터져 나왔다.

약 한 시간 정도 지났을까.

시뻘건 화염을 쏟아내었던 화장터 화로에는 태우고 남은 아버지 뼛조각 몇 개만이 덩그러니 남았다.

"뼈를 곱게 빻아줘야 복을 받아요!"

화장터 화로에서 일하는 50대 초로 보이는 인부가 막걸리 한 사발을 쭉 들이키면서 나에게 말을 건넸다.

나는 무슨 얘기인지 몰라 그를 무덤덤하게 바라봤다.

"돈 좀 얹어주면 뼛조각을 더 곱게 빻을 수 있는데."

그는 뼛조각을 더 곱게 빻을 테니 나에게 돈을 달라는 것이었다.

"지금 이 상황에서 그런 말이 나와요?"

나의 분노는 극에 달해, 이렇게 연이어 말하면서 그의 멱살을 꽉 잡았다.

"이 젊은 사람이 왜 이래?"

그는 당황한 듯 내 손을 뿌리치며 말했다.

"지금 이 상황에서 나이 따지게 생겼냐고요?"

나는 하도 열을 받아 반말로 대꾸했다.

"얘야! 그만해라!"

"그만하라니까!"

어머니가 나를 뜯어말리며 타이르셨다.

"사람이 사람 같아야 사람이죠!"

"에이 씨…"

나는 그를 향해 내뱉듯이 말했다.

이 상황이 진정된 후 어머니, 형 그리고 나는 화장을 마친 한 줌의 재를 나무함에 고이 담았다. 우리는 두 시간이나 걸려, 마포나루 언덕배기 근처에 있는 강변에 자리를 잡을 수 있었다. 마지막으로 어머니가 숙연하게 한강 물 위로 재를 휙 뿌렸다.

한 줌의 재는 마침 불어오는 강바람에 실려 내 볼을 부드럽게 어루만지며 스쳐 지나갔다. 그러고는 허공에서 시야에 잠시 머물렀다가 이내 흩어지면서 멀리멀리 하늘로 퍼져나갔다. 나는 하늘 멀리 사라져가는 재를 뚫어지게 쳐다보면서 어릴 적 아버지와의 빛바랜 추억을 떠올렸다.

초등학교 때 나는 아빠 무릎을 베고 자곤 했었다.

어느 날, 아빠 바짓단을 올려보니 정강이뼈가 하얗게 울퉁불퉁하게 드러나 있었다.

"아빠! 정강이가 왜 이렇게 울퉁불퉁 무섭게 생겼어?"

나의 질문에 아빠는 잠시 옛날을 회상하는 듯 아무 말도 하지 않으셨다.

"많이 아팠겠다!"

나는 아무 생각 없이 아빠의 정강이뼈를 조심스럽게 만지며 말했다.

"네 아빠가 6.25 당시 국군에 징집되어 북한군과 전투 중에 다리를 다치셨단다."

아빠 대신에 엄마가 말씀하셨다.

"그 후 야전병원으로 후송되어 다리에 박힌 총탄을 제거하는 수술을 받은 후, 결국 상이군인으로 제대하셨단다."

옆에 있던 엄마가 나에게 차분하게 설명을 해주셨다.

"이것이 '상이군인 명예제대증'이란다."

엄마가 조그만 2단 서랍장을 열어, 책갈피에 끼여 있는 빛바랜 '상이군인 명예제대증'을 꺼내어 보여주셨다.

"이게 뭔데?"

초등학교 학생이었던 나는 궁금해서 물었다.

"나라를 위해 열심히 싸운 증명서란다."

조용히 있던 아빠가 한마디 하셨다.

"이거 있으면 누가 돈 줘?"

나는 되물었다.

"음, 다행히 아빠가 아주 심하게 다치지 않으셔서… 나라에서 돈을 주지는 않아."

엄마가 잠시 아빠를 힐끗 쳐다보며 대답하셨다.

"아빠가 북한군과 열심히 싸워서 다쳤는데도?"

나의 이 뾰족뾰족한 질문에 우리 사이에 잠시 무거운 침묵이 흘렀다.

03

—

입영 영장

어느 날 오후, 집에 들어오는데 어머니가 착잡한 표정을 짓고 계셨다.

"오늘 좋은 소식이 왔네."

어머니는 내 얼굴을 뚫어지게 바라보면서 말을 꺼내셨다.

"뭔데요?"

"좋은 소식이요?"

나는 평소 좋은 일이 없었기에, "좋은 일이 있다"는 것이 오히려 이상하게 생각되어 고개를 갸우뚱거리면서 어머니에게 되물었다.

"자! 바로 이거야!"

어머니는 아무 말도 하지 않고 봉투 하나를 나에게 내미셨다.

'입영 영장'이었다.

나는 갑자기 가슴이 막힌 듯 먹먹해졌다. 나는 입영 영장을 받아들고 잠 한숨 제대로 자지 못한 채 뜬눈으로 밤을 지새웠다.

다음 날 오전이 되었다.

나는 현재 군대에 근무하고 있는 형이 제대할 때까지 내 입영을 연기했으면 해서 입영 영장을 들고 용산구 후암동에 있는 병무청으로 찾아갔다. 왜냐면 이번에 내가 입영을 하게 되면 병든 어머니를 돌볼 사람도 없이 두 형제가 같이 군 복무를 하게 되는 셈이었기 때문이었다.

서울역에서 버스를 내려 언덕길을 조금 걸으니 병무청 건물이 보였다.

"어떻게 왔는가?"

40대 후반으로 보이는 병무청 정문 입구에 있는 남자직원이 나를 보자마자 퉁명스럽게 물었다. 그의 퉁명스러움에는 내 마음을 심란하게 하는 그 무엇이 있었다.

"아! 예, 입영영장을 받았는데, 상담 좀 하려고 왔어요."

나는 내 입영 건에 대해 현재 내가 처해있는 상황을 자초지종 그에게 설명했다.

"아, 알겠는데…"

그는 잠시 말을 멈췄다.

"병역의 의무는 신성한데, 이 사람, 저 사람 사정 다 봐주면 이 나라가 어찌 되겠나?"

그는 내 얘기를 끝까지 듣지 않은 채, 그는 내뱉듯이 말했다.

"우리 동네 목욕탕주인 아들은 나랑 동갑내기인데, '군대도 안 가고 미국으로 유학을 갔다'는 소문이 자자하던데요?"

나는 동네 아줌마에게서 들은 얘기를 그에게 말했다.

"쓸데없는 소리! 누가 그래?"

그는 딱딱하게 굳은 표정으로 대답했다.

"저요, 제 케이스를 상담하실 다른 담당자분을 알려주실 수 있을까요?"

나는 갑갑한 나머지 그에게 절실하게 부탁했다.

"안 된다고 하잖아!"

그는 버럭 고함을 질렀다.

"……"

나는 아무 말도 하지 않고 한동안 그 자리에 서 있었다.

그러나 나는 이곳에서 더이상 내 입영 건과 관련하여 상담할 필요성을 느끼지 못해, 뒤도 돌아보지 않고 집으로 되돌아왔다.

나는 낙담을 한 채 집으로 왔는데, 어쩐 일인지 집안에 어머니 모습이 보이지 않아 옆에 사는 통장에게 가서 물어보았다.

"저희 어머니 어디 가셨나요?"

나는 급히 물었다.

"저기 차도 한가운데 데모하는 사람들 틈에 계실 거야."

통장은 머쓱한 표정으로 대답했다.

"몸도 아프신데 거기는 왜 가셨데요?"

나는 통장에게 되물었으나, 그는 내 질문에 대해 대답을 하지 못했다. 그러고는 꿀 먹은 벙어리처럼 입을 꾹 다물고는 내 눈치를 보는 듯했다.

나는 급하게 차도 쪽으로 뛰어나갔다.

차도 한가운데에서는 50대에서 70대까지로 보이는 약 50명 정도의 할아버지, 할머니들이 태극기를 흔들며 행진을 하고 있었다. 나는 그 무리의 한 가운데 속에서 어머니를 발견하자마자, 그 행렬 속으로 뛰어들어가 어머니를 구출하듯이 끌고 나왔다.

"아니, 여기서 뭐 해요?"

나는 짜증이 잔뜩 섞인 목소리로 물었다.

"응! 통장이 오늘 데모가 있다고 알려줬어…"

어머니의 목소리는 모기소리 만큼이나 작게 들렸다.

"아픈데 거기는 왜 나가요?"

내 목소리는 더욱 거칠어졌다.

"참석하면 일당을 준다고 해서…"

어머니는 끝내 말끝을 흐리셨다.

"아무리 그래도 그렇지요!"

나는 화가 나서 소리를 질렀다.

어머니는 통장의 요구에 할 수 없이 '나라에서 돈 몇 푼 집어주는 관제데모'에 나간 것이었다. 나는 피가 거꾸로 솟는 느낌이었다.

병든 어머니 모습은 연세는 40대 후반이지만, 병색이 완연해서 허리가 구부정하고 푸석푸석한 얼굴 때문에 10년은 연세가 더 들어 보여 마음이 항상 짠한 터였다.

나는 분노가 머리끝까지 치밀어 다시 통장 집으로 달려갔다.

"아니, 아픈 사람을 왜 돈 몇 푼에 데모에 동원시켜요?"

나는 막 따져 물었다.

"뭘 하든 간에, 용돈이라도 벌면 되는 거 아닌감?"

그는 떨떠름한 표정으로 나에게 말했다.

"아니, 그걸 말이라고 하세요?"

나는 대들 듯이 말했다.

"그런데 자네는 머리 모양이 왜 베토벤같이 장발인가?"

그는 계면쩍은지, 갑자기 화제를 바꾸며 물었다.

"경찰들이 장발을 단속하고 있다는 사실은 알고는 있는가?"

"내 머리 모양이 장발이든 빡빡머리이든, 통장님이 무슨 상관이에요?"

"내가 생각해서 말하는데, 젊은 친구가 웬 말대꾸야!"

"그러면 병든 우리 어머니를 관제데모에 동원 시키는 게 잘한 일이에요?"

나는 따지듯이 말했다.

나는 통장의 멱살을 잡고 끝을 보고 싶었으나 지난번 아버지 돌아가셨을 때 그가 군대에 있는 형에게 급전을 치는 것을 도와주었기에, 나는 심호흡을 하며 마음을 진정시키고 그냥 발길을 돌렸다.

1977년 12월 8일…

드디어 입영날짜가 하루 앞으로 다가왔다.

나는 아직 입영에 대해 마음의 준비가 전혀 되어있지 않은 상태였기에, 마음속에서 일말의 거부반응마저 일었다.

병든 어머니를 돌보는 사람도 없이 홀로 놔두고, 나는 입영 전날 입영 영장을 웃옷 안주머니에 깊숙이 넣고 집을 나섰다.

"건강하게 잘 갔다 와!"

"부디 내 생각은 하지 말고!"

내 등 뒤로는 어머니의 절규가 이어졌다.

"……"

나는 여느 때처럼 이번에도 역시 아무 말을 할 수가 없었다.

나는 어머니 얼굴을 향해 차마 뒤를 돌아볼 용기가 없어서, 그냥 묵묵히 앞만 보고 한참을 걸었다. 걸으면 걸을수록 어머니의 얼굴이 내 눈에 더욱 아른거려 나는 나도 모르게 핑그르르 눈물이 솟구쳐 올랐다.

초등학교 동창인 미혜가 '입영 전날 저녁 식사를 사준다'고 해서, 약속장소인 광화문에 도착한 시각은 저녁 7시쯤이었다.

12월의 매서운 바람이 뺨을 사정없이 때리기 시작했다.

Chapter 02

강원도 화악산 너머 자대배치

04

엄동설한 속 입대

초등학교 때 단짝이었던 미혜가 입영 전날이라고 광화문에 있는 경양식 집에서 함박스테이크를 내게 사주었다. 같은 동네 살았던 미혜는 전교 부회장, 그리고 나는 전교 회장을 맡았던 관계로 어려서부터 집안끼리도 서로 잘 아는 사이였다.

대학에서 사회학을 전공한다는 그녀는 날이 추운지 두꺼운 코트로 완전무장을 하고 약속장소인 경양식 집에 나타났다. 초등학교 졸업 후, 몇 년간 연락이 끊어졌다가 우연히 다른 초등학교 친구를 통해 최근 다시 몇 번 얼굴만 보는 사이가 되었다.

"오랜만이네?"

나는 먼저 말문을 열었다.

"군대에 가면 씩씩한 군인이 되겠네?"

미혜는 싱긋 웃으면서 말했다.

스테이크를 나이프로 썰어 먹으면서 말없이 웃기만 했던 미혜의 질문이 다소 낯설게 다가왔다. 그녀를 바라보자 그녀는 테이블을 가끔 내려다봤지만, 아주 침착한 모습이었다. 그녀의 얼굴은 테이블을 비추는 불빛에 비쳐서 그런지 유달리 빛나고 있었다.

"암! 그래야지!"

나는 남들처럼 의례적인 대답을 하면서 그녀를 안심시키려고 애를 썼다.

사실 이 대목에서 서로 연인 사이도 아닌데 어떻게 말해야 할지 도무지 감이 오지 않았다.

"너 그거 아니?"

나는 서먹서먹한 분위기를 깨려고 그녀에게 물었다.

"뭘?"

그녀는 냅킨으로 입을 닦으며 대답했다.

"당시 초등학교 수업이 끝나면, 가장 먼저 너희 집 골목 입구로 달려가서 네가 집으로 들어가는 모습을 몰래 훔쳐봤는데."

나는 그 시절을 생각하며 말했다.

"그랬어? 얘는? 하하하!"

모처럼 미혜의 얼굴이 활짝 폈다.

"네 친구 혜숙이는 어떻게 지내니?"

나는 그녀의 가장 친구인 혜숙의 안부를 물었다.

"그 친구는 ㅇㅇ대학에 다녀."

초등학교 때의 추억얘기부터 시작해서 자기 남자친구 얘기 등을 하다 보니 시간이 훌쩍 지나 어느새 식당이 문을 닫을 시간이 되었다.

나는 입영 전날 이렇게 저녁까지 사주는 친구가 있다는 게 너무 든든했다. 식사 후 웨이터가 테이블 위에 놓고 간 찻잔을 두 손으로 감싸며 우리의 대화는 계속되었다.

"미혜야! 저녁 사줘서 고마워."

나는 진심으로 그녀가 고마웠다.

"당연히 친구니까. 그 정도도 못 하니?"

그녀는 내 얼굴을 빤히 쳐다봤다.

"부모님은 잘 계시지? 내가 군대 가는 것은 알고 계신가?"

거의 친지처럼 서로의 집안이 가깝게 지내던 터라, 나는 그녀의 부모님 근황이 궁금해서 물었다.

"내가 얘기해서 잘 알고 계셔…건강하게 잘 갔다 오라고 말씀하셨어."

"조금 있으면 '야간 통행금지시간'이 다가오니까 서둘러 버스를 타야겠다!"

"어? 벌써 시간이 그렇게 됐어?"

"어서 서둘러!"

나는 그녀와 함께 자리를 일어섰다.

12시부터 시작하는 '야간통행금지시간'에 나는 마음이 조급해졌다.

나는 솔직히 다음 날 새벽 입영소집 장소로 가는 순간까지 그녀와 함께 있고 싶었다. 그러나 나는 그 말을 하지 못하고 머뭇거리다가, 이렇게 마음에도 없는 말로 마지막 말을 대신했다.

식당 문을 나서서 손목시계를 보니 밤 11시였다.

주위를 휘둘러보니, 12시 전에 집에 도착하려는 인파로 거리는 온통 북새통을 이루었다. '야간통행금지시간'까지는 1시간밖에 남지 않아 나 역시 마음이 초조해졌다.

나는 잠시 머뭇거리는 그녀의 등을 떠밀다시피 하면서 그녀를 버스정류장으로 데리고 갔다. 약 5분쯤 기다리니 마침 운이 좋게도 마포 방향으로 가는 버스가 정류장에 도착했다. 나는 애써 태연한 척하면서 승객들 틈새로 그녀를 밀어 억지로 버스에 태웠다.

버스 창문을 통해 그녀가 탄 쪽을 보니, 그녀는 무슨 할 말이 많은 것처럼 보였다. 버스 차창에 비친 그녀의 촉촉한 시선이 눈에 아른거렸다. 나는 한동안 버스 꽁무니가 사라질 때까지 계속 쳐다봤다.

"애 애 애 앵~"

건물 옥상에 설치된 사이렌들이 일제히 고막을 때리기 시작했다.

사이렌 소리와 함께 밤 12시 '야간통행금지시간'이 시작되니, 거리에는 인적이 딱 끊기고 행인들을 통제하는 경찰과 방범대원들의 호루라기 소리만이 여기저기서 울려 퍼졌다.

새벽 4시까지 '통금해제시간'까지는 아직도 4시간이나 남았는데 '이 추운 날씨에 어디서 이 밤을 지새워야 하나?'라는 생각에 강추위를 느낄 새도 없이 초조함과 긴장감이 제일 먼저 나를 엄습해왔다.

나는 호주머니를 뒤져보았다.

호주머니에는 꼬깃꼬깃 접은 천 원짜리 지폐가 달랑 두 장 남아있었다. 사실은 여관비가 없어 미혜에게 차마 "여관에서 같이 밤을 지새우자"라는 말을 도저히 꺼낼 수 없었다. 돈은 없어도 마지막 남은 자존심까지 구기고 싶지는 않았기 때문이었다.

나는 한동안 '야간 통행금지'를 단속하는 경찰과 방범대원을 피해 이리저리 골목골목을 누볐다. 약 한 시간 정도 골목을 걸었을까.

바로 옆에 허름한 3층짜리 건물이 눈에 띄었다. 건물 정문을 바라보니 마침 셔터가 반쯤 내려져 있어, 나는 일단 추위를 피해 그곳으로 들어가 서성거리다가 결국은 차가운 콘크리트 맨바닥에 털썩 주저앉았다. 피로감이 졸음과 함께 물밀듯 몰려왔다. 나는 몸을 잔뜩 웅크린 채 뜬눈으로 밤을 지새웠다.

1977년 12월 9일…

새벽부터 휘몰아친 동장군의 위세는 폐부를 칼날같이 파고들었다. 입영 소집장소인 왕십리까지 걸어가는 길은 천근만근 납 무게만큼이나 무겁게 느껴졌다.

05

—

논산훈련소, 병과학교, 보충대

왕십리에서 떠난 기차는 논산 역에 무사히 도착했다.

곧이어 논산훈련소 수용연대에 도착하니, 인솔 담당 장교가 우리를 인솔하여 연병장에서 입영행사를 거행했다.

"여러분들의 입소를 환영합니다!"

"여러분들은 이곳에서 앞으로 5주 동안 군 기본자세와 각개전투, 사격 등의 교육을 받게 됩니다!"

수용연대장의 환영 인사가 있었다.

입영 첫날 밤, 담당 장교의 일장연설 후 나는 어젯밤 뜬눈으로 지새워 자지 못한 부족분까지 포함해서 모처럼 꿀잠을 취했다.

매일매일 보행군기, 취침군기, 식사군기, 제식훈련, 불침번 등이 반복되는 고단한 훈련병 생활의 연속이었다.

훈련소 수용연대로 배속된 지 3일째 되는 날이었다.

나는 기상 나팔 소리와 함께 새벽 6시 아침점호에 늦지 않기 위해 연병장으로 뛰어나갔다. 한겨울이라 앞을 잘 분간할 수 없을 정도로 캄캄한 새벽이었다. 나 역시 남들처럼 악을 쓰듯 애국가를 부르며 추위를 달래고 있었다.

"~~대한 사람 대한으로 길이 보전하세!"

애국가 4절 후렴을 부르며 점호시간이 다 끝나갈 무렵이 되니까, 모두 슬금슬금 대열을 이탈하면서 어둠을 뚫고 연병장 끝에 있는 재래식 화장실로 달려가기 시작했다.

이렇게 하는 이유는 지금 이 금싸라기 같은 순간을 놓치면 하루종일 화장실 가는 것은 엄두가 나지 않기 때문이었다. 평소 눈코 뜰 새 없이 정신없이 군기를 잡으며 돌리기에 마음 놓고 화장실을 갈 여유조차 없었다. 나 역시 3일째 화장실을 가지 못해 배가 더부룩하여 몹시 불편하던 차였다.

나는 젖 먹을 힘을 다해 입에 단내가 나도록 화장실을 향해 뛰었다. 다행히도 나는 다른 훈련병들을 제치고 화장실 한 칸을 무사히 찜하여 일을 볼 수 있었다. 화장실이라고 해봐야 가마니 거적때기로 대충 칸막이를 만들어 놓은 재래식 화장실이라, 옆에서 볼일을 보는 훈련병의 엉덩이와 가슴 위는 다 노출이 되었다.

나는 3일 동안이나 뱃속에 가두어둔 변을 배출하지 않으면 정말 큰일이 날 것만 같아, 옆에서 볼일을 보는 훈련병의 모습을 의식할 틈도 없이 열심히 내 볼일에만 집중하고 있었다. 변기통에서 뿜어져 나오는 암모니아 냄새가 코를 찔렀는데, 변기통을 가만히 내려다보니 조그만 구더기들이 들끓어 나는 아무생각 없이 지그시 눈을 감고 있었다.

그때였다.

옆에서 갑자기 옆에서 손이 쑥 들어오더니 내 방한모를 덥석 낚아채 가는 것이 아닌가! 나는 방한모를 잃어버리면 내무반에 들어가서 엄중하게 기합받을 것이 뻔했기에, 대충 옷을 걸친 채 내 앞으로 막 달아나는 훈련병을 끝까지 쫓아가서 그를 넘어뜨려 방한모를 도로 찾을 수 있었다.

그런데 내 주먹이 막 나가려는 찰라, 왠지 그 훈련병 모습의 낯이 한참 익었다. 고교 동기인 동인이었다.

"와! 오랜만이다! 몇 년 만이냐?"

나는 너무 반가웠다. 여기서 고교 친구를 만날 수 있다는 게 꿈만 같았다.

"어? 너는 여기에 웬일이야?"

동인이가 내 어깨를 껴안으며 대답했다.

"나는 12월 9일에 입대했어."

"어? 나도 12월 9일인데?"

"그럼 우리는 고교 동기에다가 입대 동기네?"

"나도 너처럼 왕십리에서 모여, 이곳까지 같은 경로로 왔어."

"나는 네 옆에 있는 내무반에 배속되었어."

"그래? 그런데 내가 왜 몰랐지?"

"처음에 이곳에서 너를 보는 순간, 아는 사람인가 긴가민가해서 일부러 방한모를 벗겨 달아나는 장난을 쳤지!"

"너 나한테 맞을 뻔 했어, 하하하!"

동인이 역시 사람이 그리웠는지, 쉴 새 없이 얘기를 이어나갔다.

우리는 연병장을 가로질러 내무반까지 가면서, 고등학교 시절로 되돌아간 듯 모처럼 떠들면서 깔깔거리며 웃었다. 삭막한 훈련병 시절이었지만 동인이는 옆 내무반에서 나에게 든든한 버팀목이 되어주었다.

1978년 2월 중순 어느 날이었다.

나는 5주간의 훈련소 생활과 한 달 간의 병과학교 생활을 무사히 마치고, 드디어 자대배치를 받기위해 더플 백('따블백')을 오른쪽 어깨에 메고 다른 신병들과 보조를 맞춰 줄지어 기차역으로 향했다. 역에 도착하니 이미 수많은 신병들이 각자 자대배치를 받기위해 구름처럼 운집해 있었다.

반대쪽으로부터 걸어오고 있는 새까만 얼굴의 입소생들 대열과 마주쳤는데, 그들은 모든 훈련을 마치고 자대로 배치되기 위해 도열 해 있는 우리를 아주 부러운 눈초리로 바라보았다. 이들을 바라보는 순간, 나는 훈련 기간 동안 쌓였던 찐한 추억을 뇌리에 떠올리게 되었다.

나는 그동안 동고동락을 같이했던 훈련동기생에게 내색하지 못한 채, 마음속으로만 하얀 이별을 했다. 어젯밤은 마지막 관문인 자대로 배치된다는 생각에 싱숭생숭해서 잠을 제대로 청할 수 없었다.

배정받은 열차에 오르니 창문은 두꺼운 커튼이 쳐있어 밖을 전혀 내다볼 수 없었다. 만일의 사태에 대비해 객차마다 헌병들이 한 명씩 배치되어있었고, 인솔담당자는 그 좁은 열차 좌석 안에서 떠나는 순간부터 우리에게 각종 군기를 잡기 시작했다.

불현듯 집에 홀로 계신 어머님이 생각났다. 지난번 논산훈련소에서 입영 전에 입고 왔던 옷을 전부 소포에 담아 어머니께 소포로 보낸 기억이 문득 났다. '아마도 어머니는 그 옷을 보면서 내 생각이 나서 무척 슬퍼하셨을 거야'라는 생각에 이르자 갑자기 목이 메기 시작하였다.

'병들고, 아무도 돌보는 사람도 없는데, 어떻게 잘 살고 계실까?'

그동안 매일 밤만 되면 잠을 못 이루고, 집 생각이 나서 견딜 수가 없었던 시간의 연속이었다. 나는 잠깐 눈시울을 붉히며 주먹으로 눈물을 훔쳤다.

이때 내 모습을 지켜보던 인솔 담당 장교가 후다닥 나에게 달려왔다.

"이 새끼가 지금 정신을 어디다 두고 있는 거야?"

이 말이 끝나기가 무섭게 그의 군홧발이 내 얼굴을 짓이기기 시작했다.

내 코에서 선지 빛 같은 붉은 코피가 군복으로 하염없이 떨어지고, 맞은 눈이 퉁퉁 부어오르자 그때서야 그의 구타는 중단되었다.

조금 지나자 그 장교가 불렀는지, 의무병 한 명이 나에게 다가와서는 솜으로 코를 틀어막고 여기저기 약을 발라주었다. 그 의무병은 딱하다는 듯 동정심이 가득한 눈으로 나를 지그시 내려다보았다. 같은 열차에 타고 있던 신병들은 이 광경에 모두 부동자세로 두 주먹을 무릎에 올리고 좌석에 앉아있었는데, 무슨 일이 또 벌어질지 몰라 안절부절 못하는 모습들이 역력하였다.

몇 시간이나 달렸을까.

열차가 중간에 잠깐 멈춰 섰다. 커튼 사이로 살짝 바깥풍경이 보였다. 청량리역이었다. 나는 열차의 방향으로 보아 전방으로 가고 있는 것이 확실해 보였다.

"야! 이 새끼들, 빨리빨리들 못 내려?"

열차가 종착역에 멈춰 서자, 인솔 담당 장교의 카랑카랑한 목소리 때문에 우리 마음은 한참 쫓겼다.

주위를 휘둘러보니 춘천 역이었다. 한겨울의 강원도라 그런지 더 춥게만 느껴졌다. 혹시 '인제 가면 원통해서 언제 돌아올까나?'로 잘 알려진 '인제'나 '원통'등 열악한 최전방으로 배치된 것은 아닌지 기분이 매우 착잡했다.

우리는 일단 춘천에 있는 ㅇㅇ보충대대로 전속 받아 최종 자대배치 시까지 이곳에 며칠 머물게 되었다. 그렇지만 가장 힘들다고 소문난 강원도 산골짜기에 있는 부대로 배치될 것만 같은 불길한 예감에 모두 말없이 벙어리처럼 입을 꼭 다물고 있었다. 무거운 침묵만이 강줄기처럼 흘렀다.

내무반 한쪽에는 나이가 상당히 들어 보이는 병사들 몇 명이 부동자세로 앉아서 대기하고 있었다. 나중에 알고 보니 이들은 '군복무 중 사고를 쳐서 군 교도소를 갔다 온 병사들'이라고 했다. 그들의 눈빛은 우리와는 사뭇 다르게 날카롭고 살벌하게 느껴졌다.

06

—

강원도 화악산 너머 자대배치

드디어 나는 춘천 보충대에서 ㅇㅇ사단으로 자대배치를 받았다.

나는 트럭으로 이곳으로 오면서 화악산의 웅장한 능선을 넘어서는 순간, 마음속으로 감탄을 연발했다. 평소 라디오의 겨울철 일기예보에 빠지지 않고 등장하는 '화악산 영하 25도'는 아주 익숙했는데, 막상 이곳에 오니 진짜 겨울왕국에 온 느낌이었다.

낭떠러지 길에 아슬아슬하게 만들어 놓은, 하늘만 보이는 꾸불꾸불한 흙먼지 길을 따라 두어 시간 북쪽으로 군용트럭으로 달려가니, 한적한 마을에 도착하였다.

'강원도 화천군 ㅇㅇ면 ㅇㅇ리'라는 길 안내판이 제일먼저 내 눈에 띄었다.

마을을 통과해 몇 분 더 달려가니 풀풀거리는 먼지사이로 저 멀리 사단 신병교육대 입구가 보였다. 아치형으로 만든 정문 구조물에는 '환영합니다'라는 큰 글씨가 쓰여 있었다.

사단 신병교육대에 도착하자마자, 주임상사가 우리를 인솔해서 행정반으로 안내했다. 그는 인사기록카드를 들고 신병들의 가족관계 등을 일일이 물어보았다. 드디어 내 차례가 되었다.

"어디보자! 이 이병은 아버님이 돌아가셨고,,,지금은 어머니 홀로 계시네?"

배가 불뚝 튀어나온 주임상사가 체중을 이기지 못하고, 숨을 거칠게 몰아쉬면서 나에게 물어봤다.

"네!"

"친형이 우리 사단 ○○ 연대에 근무하고 있습니다!"

나는 이 기회를 놓치지 않고 그에게 말했다.

"그래? 형제가 모두 우리 사단에?"

"좋은 현상이네."

그는 엷은 미소를 띠며 내 말이 끝나기도 전에, 전화기 앞으로 가더니 이리저리 통화를 시도했다.

그로부터 약 3분쯤 지나자, 드디어 형과 전화 연결이 되었다. 지난번 아버지 장례식 때 급전을 쳐서 특별휴가를 받아 형이 집으로 온 이후, 처음으로 형과 직접통화가 이루어졌다.

가출한 후, 마음잡고 군에 자진 입대한 친형이 바로 이 ㅇㅇ사단 ㅇㅇ연대에 상병으로 근무하고 있다는 기억을 해냈기 때문에 통화가 가능했다.

"이곳으로 배치받았네?"

형의 목소리가 전화기를 타고 흘러나왔다.

"응…"

나는 무슨 얘기부터 꺼내야 할지 몰라, 그냥 건성으로 대답했다.

내가 비록 말은 안 했어도, 형도 '집에 어머니 홀로 계시다는 사실'을 잘 알고 있기에 굳이 내 입 밖으로 그 얘기를 꺼내고 싶지 않아서였다.

"알았어. 내가 빠른 시일내 그 부대로 갈께!"

"몸조심하고!"

형은 바빴는지, 아니면 나와 통화하면서 그동안의 상념이 한꺼번에 몰려와서 그랬는지는 몰라도, 이렇게 말하고는 나와 간단히 통화를 끝냈다.

그로부터 이틀이 지났다.

나는 사단 예하 부대인 ㅇㅇ대대로 최종배치를 받았다.

사단사령부 신병교육대에서 차로 10여 분 정도 걸려 ㅇㅇ대대 본부중대에 도착하였는데, 사방을 휘둘러보니 온통 산과 하늘밖에 보이지 않았다.

수십 년 된 나무로 만든 내무반 막사 입구에 들어서니 퀴퀴한 곰팡이 냄새가 제일 먼저 나를 반겼다.

Chapter 03

양 병장의 구타, 부조리

07

식사 당번

나는 훈련소를 갓 나온 신병이라 바로 위 기수 선임들과 함께 식사
당번을 도맡았다. 문제는 영하 20도는 기본으로 넘나드는 한겨울에
내무반 내에는 뜨거운 물이 나오는 시설이 전혀 없었고, 오직 '페치
카'만이 내무반의 난방을 유지하는 유일한 방편이었다.

추운 겨울, 고된 일과를 마친 병사들의 얼어붙은 몸과 마음을 녹여
줬던 '페치카'는 오롯이 말년 병장들의 안식처로서 그 역할을 다하는
것 같았다. 그들은 온종일 따뜻한 '페치카' 옆에서 낡은 체육복 차림
으로 옹기종기 모여 장기나 바둑을 두다가 세숫대야에 뜨거운 물을
받아 세면을 하면 그만이었다.

한편 부하 사병들은 꽁꽁 얼어붙은 개천에 가서, 돌로 얼음을 깨어 졸졸 흐르는 물에 손이 얼어붙는 고통을 감수하면서 빨랫비누를 녹여 그 차가운 물로 세면을 해야 했다. 그나마 몇 분밖에 시간이 주어지지 않았지만, 뜨거운 물에 샤워도 하고 '고양이 세수'라도 할 수 있었던 훈련소 시절이 무척 그리웠다.

"하 이병! 오늘도 고생하네?"

나는 내무반 뒤에 있는 '페치카'를 지나치다가, '페치카 당번'인 그를 향해 한마디 말을 건넸다.

"고생은 뭘…"

화덕에서 일하던 하 이병이 대답했다.

하 이병은 엄동설한에 매번 석탄과 땔감을 구해다가 내무반 바깥에 있는 화덕에서 '페치카'가 꺼지지 않도록 불을 때며 구슬땀을 흘렸다. 화덕 불빛에 비친 그의 얼굴에는 광부처럼 시커멓게 석탄이 묻어영 외모는 볼품이 없었지만, 다른 사역에서 열외를 시켜주고 더 나아가 항상 따뜻한 불 곁에 있어서 추위 걱정은 하지 않으면서, 가끔 반합에 라면도 끓여 먹는 모습이 그렇게 부러웠다.

하 이병을 잘 사귀어놓으면, 가끔 뜨거운 물을 조금이라도 언어 쓸 수 있었는데, 이 경우에는 마치 복권이 당첨된 것 같이 하늘을 나는 기분을 만끽할 수 있었다. 그리고 화덕에서 나는 칙칙거리는 소리를 자장가 삼아, 꽁꽁 얼어버린 발을 잠시라도 화덕 위에 올려놓으면 금방 밭이 따뜻해지면서 바삭바삭한 감촉을 느끼곤 했다. 겨울철이면 서로들 '페치카 당번'을 자원하는 이유를 나중에 알게 되었다.

나는 논산훈련소에 처음 입대했을 때부터 입었던 방한복을 몇 개월째 그대로 입고 있어서, 옷에서 땀 냄새가 진동했다. 단추를 끼우는 앞부분은 까만 때가 지층처럼 겹겹이 쌓여서 반질반질 윤택이 났지만, 뜨거운 물로 방한복을 세탁할 엄두가 전혀 나지 않았다.

논산훈련소에서 훈련을 받을 때에는 스팀 난로가 각 내무반에 설치되어 있었기에, 이곳에도 당연히 스팀 난로가 설치되어 있는 줄로만 알았다. 그러고 보니 논산훈련소는 이곳과 비교하면 특급호텔이라는 느낌이 들었다.

특이한 점은, 입대 전에는 잘 먹어보지 못했던 양고기가 이곳에서는 겨울철 주식으로 많이 등장했다. 식사 당번인 나로서는 양고기를 먹을 때는 좋지만, 설거지하는 경우 한 겨울철에 뜨거운 물도 없이 개천의 얼음을 깨서 그 하천수로 설거지를 하곤 했다.

개천가에 있는 말라비틀어진 풀잎, 줄기 등을 따서, 이것을 얼키설키 수세미 모양으로 만든 후, 벽돌 크기의 큰 군용 빨랫비누에 차가운 얼음물을 묻혀 비벼대는 비장한 방법으로 연신 비누 거품을 냈다.

구슬같이 이마에 난 땀을 주먹으로 훔쳐내며, 다음 훈련시간 전까지 그 짧은 시간 내에 번갯불에 콩 구워 먹듯, 양고기 기름으로 범벅된 식판 약 40개 정도를 매번 닦아내곤 했다.

—

양 병장의 상습구타

"동작 그만!"

"오늘 식사당번 어떤 새끼야?"

"빨리 말하지 못해?"

취침 점호시간에 내무반 최고참 양 병장의 카랑카랑한 목소리가 터져 나오자, 내무반 침상 끝에 일렬로 정렬해 있던 식사 당번인 나를 비롯한 신병과 그 바로 위 선임들은 갑자기 얼굴이 창백하게 굳어졌다. 갑자기 찬물을 끼얹은 듯 숨이 막히는 분위기가 내무반을 감쌌다.

땅딸한 키의 양 병장은 침상이 마주 보고 있는 통로 한가운데에 서서, 오늘 저녁 식사시간에 양고기를 먹었던 플라스틱 식판 하나를 꺼내어 모서리 쪽을 두 손가락으로 집었다. 그는 잘 닦이지 않은 기름기 때문에 식판이 바닥에 그냥 미끄러져 떨어지는 모습을 몇 번이나 우리 앞에서 시연하였다.

양고기 등 고깃국을 먹은 날이면 찬물에 식판이 잘 닦여지지 않아 식판이 미끌미끌하다는 것을 잘 알고 있는 양 병장은 오늘도 영락없이 쥐 잡듯 부하 병사들을 잡으려고 마음을 단단히 먹은 것처럼 보였다. 소대원들의 입에서는 곧 닥칠 양 병장의 '푸닥거리'에 절로 한숨이 나왔다.

"식사 당번이 어떤 새끼냐고 물었잖아!"

양 병장은 오른쪽 주먹으로 왼쪽 손바닥을 탁탁 치면서 신경질적으로 물었다.

"예! 이병 이ㅇㅇ!"

나는 가장 신참으로서 제일먼저 손을 들고 우렁차게 대답했다.

"이 새끼가 왜 이제 대답하는 거야?"

"내 말이 말 같지가 않아?"

나를 노려보던 양 병장의 주먹이 갑자기 침상에 서 있는 내 복부를 향해 몇 차례 날아왔다.

"윽!"

나는 앞으로 고꾸라지면서 아무 말도 하지 못한 채, 양 병장의 눈을 쏘아보았다.

"이 새끼, 뭘 꼬나 봐?"

"군기가 쏙 빠졌네?"

눈에 광기가 서린 양 병장은 분이 풀리지 않은 모습이었다.

"신병에게 이렇게밖에 교육을 못시키지?"

"얘 선임 누구야?"

양 병장은 격하게 물었다.

"예! 일병 김ㅇㅇ!"

그는 내 옆에 서 있던 선임들에게도 군홧발로 명치를 가격하기 시작했다.

"억! 윽!"

옆에서 비명소리가 크게 들려왔다.

소대원들의 하나같이 위축되고, 겁을 먹은 굳은 표정에는 짙은 절망감이 짙게 드리워져 있었다.

양 병장의 상습적인 '푸닥거리'는 이렇게 끝나는 줄로만 알았다.

점호가 끝난 후, 칼바람이 살을 에는 추위 속에 기수별로 내무반 밖에 별도로 팬티 바람으로 집합을 시키고는 '얼차려'를 시키기 시작했다.

입대하기 전에 전래동화처럼 익히 들어왔던 '선착순. 쪼그려 뛰기. 엎드려뻗쳐. 뒤로 취침 앞으로 취침. 완전군장 구보. 원산폭격' 외에도 '불도저. 한강철교. 김밥 말이…'등등 듣도 보도 못한 기합들을 받고 나면, 허리가 끊어질 것 같은 통증과 함께 온몸 여기저기 피투성이가 되는 경우가 비일비재했다.

본부중대로 발령을 받은 나는 이렇게 혹독한 신고식부터 치렀다. 사람이 할 수 있는 기합이 '얼차려'라는 미명 하에 이렇게 종류가 많고, 정교하게 실시되고 있는지 지금까지 전혀 몰랐다.

그러나, 이렇게라도 '푸닥거리'가 끝나면 다음 불침번 설 때까지라도 단 몇 시간이지만 꿀잠을 잘 수 있어서, 양 병장한테 미리 맞고 자는 편이 마음이 훨씬 편했다. 만일 양 병장과 그 동기들이 술을 마시고 새벽에 내무반으로 들어오는 날에는 시간이 새벽 몇 시가 되든 그들의 '푸닥거리'가 끝날 때까지는 잠을 잘 수가 없었다. 아예 이왕이면 그들이 '푸닥거리'를 미리 시작하고 빨리 끝내기를 매일 마음속으로 바랐다. 나는 이미 이에 대한 마음의 준비가 단단히 돼 있는 상태였다.

이렇게까지 잔인해질 수 있는 양 병장에 대해 매번 나는 고개를 설레설레 흔들었다. 마치 지옥의 한 가운데에서 분노가 내 가슴을 가득 메워 머리가 미쳐 돌아버릴 것만 같았다. 나는 어금니를 악물며 펑펑 쏟아져 내리는 눈물을 연신 주먹으로 훔쳐냈다.

09

—

양 병장과 기생집

어느 날 점호시간 전이었다.

갑자기 누가 군홧발로 내무반 문을 쾅하고 열었다. 술이 얼큰하게 취한 양 병장과 그의 동기 병장들이었다. 이들의 입에서는 술 냄새와 썩은 냄새가 뒤섞여 내무반에 진동했다.

쥐꼬리만 한 사병봉급을 3달째 받지 못한 우리는, 양 병장이 본부 중대원들의 봉급을 삥땅해 동기들과 함께 '가라 휴가증'을 끊어서 춘천에 있는 기생집까지 가서 회포를 풀고 오는 사실을 알면서도 모두 후한이 두려워서 쉬쉬해오던 터였다.

이윽고 점호가 시작되었으나, 오늘 점호는 술에 취한 양 병장 일행 때문에 건성으로 빨리 끝냈다. 오늘도 점호가 끝난 다음에는, 항상 술에 취해 두 볼이 빨갛게 변한 양 병장의 주사가 영락없이 발동되면서, 부하 사병들을 개 패듯 패기 시작했다.

"이 새끼들, 말년 고참이 들어왔는데 내무반이 개판이네?"

"침상에 정렬!"

"빨리빨리 못하지?"

"퍽!"

"윽! 윽!"

오늘도 예외 없이 내무반 이곳저곳에서 곡소리가 들려오기 시작했다.

드디어 양 병장이 내 앞에 섰다.

"양 병장님! 왜 사병들 봉급을 떼어먹습니까?"

나는 더이상 참을 수 없어 양 병장을 향해 큰소리로 외쳤다.

나의 우렁찬 외침에 내무반 분위기는 갑자기 찬물을 끼얹은 듯 숨소리 하나 들리지 않았다. 모두 얼굴이 얼음같이 굳어지며, 곧 다가올 후환에 공포감마저 느끼는 분위기였다. 침상에 정렬한 소대원들은 모두 파랗게 질린 얼굴을 하고서는 양 병장의 눈치를 곁눈으로 힐끔힐끔 살피고 있었다.

"이 새끼, 너 지금 뭐라 그랬어?"

양 병장은 씩씩거리며 말했다.

"왜 쥐꼬리만 한 우리 봉급을 '삥땅'하냐고요?"

맞아서 죽을 각오로 이판사판 심정으로 물었다.

"이 새끼가 오늘 장사를 치르려고 작정했나 보네!"

양 병장은 분을 이기지 못해 말도 제대로 하지 못했다.

"그래 알았어! 너 오늘 맛 좀 봐라!"

양 병장은 가래침을 내무반 바닥에 칵하고 뱉으며 말했다.

그러고는 갑자기 양 병장의 군화발이 내 얼굴을 강타했다. 양 병장은 분을 참지 못하고 침상 위로 뛰어 올라와 관물대 위에 놓여있는 야전삽을 빼 들더니 나를 패기 시작했다. 나는 바로 침상에 고꾸라졌는데, 양 병장은 다른 소대원들에게도 야전삽을 마구 휘두르기 시작했다.

"퍽!"

"윽! 윽!"

그동안 '부대 내의 가혹 행위'에 대해 육군본부에 끊임없는 소원 수리가 접수되어 그랬는지는 몰라도, 오늘은 마침 "육군본부에서 우리 사단에 구타사례를 감찰하기 위해 감찰관들이 와 있다"는 소식을 접한 날이었다. 그러나 양 병장은 이에 전혀 아랑곳하지 않고 지속적인 구타를 했으나, 그 누구도 그의 광기 어린 행동을 말리지는 못했다.

오늘 밤도 예외 없이 점호시간 후, 살을 에는 추위에 내무반 밖에 팬티 바람으로 집합을 해서 기수별로 기합받고 나니, 어느덧 새벽이

다되었다. 돌덩어리처럼 딱딱하게 얼어붙은 땅에서 주먹을 쥔 채 푸 쉬업을 받고 나니, 주먹에 잔돌이 박혀 피가 나면서 뼈가 살짝 보였 다. 갑자기 홀로 계신 어머니 생각이 나면서 눈물이 먼저 앞을 가렸 다.

나는 양 병장으로부터 죽기 일보 직전까지 매 맞은 후, 팬티 바람 에 기합까지 받다 보니 온 몸이 만신창이가 되었다. 나는 나도 모르 게 고개를 푹 떨어뜨리고는, 닭똥 같은 눈물을 뚝뚝 흘리고 말았다. 목구멍까지 차오르는 분노를 기를 쓰고 참고 또 참으며 겨우 억눌러 씹어 삼켰다.

'소총으로 양 병장을 쏴 죽이고, 나도 죽어야겠다'는 생각이 들었던 아주 뾰족뾰족한 하루였다.

다음 날 오전이었다.

"양 병장이 휴가증을 끊어 '급히 집에 다녀 온다'고 말하면서 방금 부대 정문을 나섰어!"

내무반 선임하사가 우리에게 일러줬다.

"야호!"

나를 포함한 소대원들은 며칠간 양 병장이 부대에 없다는 사실에 환호성을 질렀다.

"며칠간만이라도 잠을 편안히 잘 수 있겠네!"

옆에서 총기 손질을 하고 있던 선임이 말했다.

"그러게요! 살다 보니 이런 날이 있네요!"

다른 소대원이 이 말에 맞장구를 쳤다.

"역시 사람은 오래 살고 봐야 해!"

"그렇지?"

갑자기 내무반에 생기가 도는 것 같았다.

그로부터 3일 후, 양 병장이 부대에 복귀했다.

우리는 밀린 3개월 치 봉급을 받게 되었고, 양 병장은 부대에 복귀한 날 이후, 내 눈치를 슬쩍슬쩍 보는 것 같았다. 아마도 양 병장은 자기의 '봉급 삥땅 사건' 때문에 일이 커질 것으로 판단했는지, 휴가를 내어 집으로 가서 그만큼의 돈을 가져온 모양이었다.

한 가지 분명한 것은 아직 내가 이병 계급장을 달고 있었지만, 그날 이후부터는 계급 고하를 막론하고 아무도 나를 건드리는 사람이 없었다.

이 사건 이후, 몇몇 소대원들은 봉급 턱을 쏜다고 나를 PX에 데려가서 맛있는 과자, 빵을 잔뜩 사주어 모처럼 여한이 없이 배가 터지도록 먹어봤다.

이 부대에 온 이래, 처음으로 한숨 놓은 듯한 기분을 느껴보는 평온함이었다.

10

마을 쌀가게, 휘발유 탱크

나는 사단사령부에 전령으로 가는 길에 우연히 마을에 있는 쌀가게 앞을 지나게 되었다.

그런데 그곳에는 양 병장과 부대의 부식 담당이 쌀가게주인과 노닥거리더니 주인으로부터 돈을 챙겨 주머니에 넣고 있었다.

"양 병장님이 다음에도 잘 밀어주셔야죠!"

40대 초로 보이는 쌀가게주인은 조카뻘밖에 되지 않는 양 병장에게 연신 굽실거리며 부탁했다.

"아, 걱정마세요."

"제가 부대에 있는 한, 쌀을 공급하는 데에는 전혀 문제가 없을 겁니다.”

양 병장은 쌀가게주인에게 보란 듯이 당당하게 말을 했다.

“양 병장만 믿네!”

쌀가게주인은 양 병장을 빤히 쳐다보며 얘기했다.

“걱정하지 마시라고요!”

양 병장은 확신에 찬 어조로 대답했다.

이전부터 부대 내 부식 담당들이 예를 들어, 쌀 10가마를 수령 하면 2가마 정도를 쌀가게 등으로 빼돌린 후 실제로는 8가마를 배급하면서, 장부상에는 10가마를 실제로 배급한 것처럼 장부를 조작한다는 루머가 있었다.

나중에 알고 보니, 부식 담당자가 군수 트럭에 쌀을 싣고 오다가 쌀가게 앞에 쌀 몇 가마를 떨어뜨리고 부대로 들어간 후, 나중에 외출증을 끊어 마을로 내려와 쌀가게주인으로부터 직접 현찰로 수금을 하는 구조였다.

양 병장은 부하 병사들을 상습적으로 구타하고, 지난번에는 중대원들의 3개월 치 봉급을 삥땅해서 기생집에 들락거리더니, 이번에는 그것도 모자라 부식 담당과 짜고 우리가 먹을 쌀까지 빼돌린 사실이 들통이 났다.

나는 그날 진정 악마를 보았다.

어느 날 오전이었다.

우리는 본부중대 옆에 있는 소각장 근처에서 사역하고 있었다. 이때 휘발유 탱크를 실은 수송부 소속 트럭이 멈춰 서더니, 호스를 휘발유 탱크에 연결해 휘발유를 밖으로 빼내어 그냥 불에 태워 버리는 모습이 목격되었다.

"아니, 멀쩡한 휘발유를 왜 태워 없애?"

마침 본부중대 주임상사가 소각장 옆을 지나가다가 이 광경을 보더니, 트럭을 몰고 온 수송병에게 한마디 했다.

"아! 예…"

"오늘이 월말이라 오늘까지 남은 휘발유를 다 없애야, 다음에 휘발유를 신청할 때 더 많이 타낼 수 있어서요!"

휘발유를 불에 태우고 있던 수송병은 아무렇지 않은 듯 대답했다.

"그래도 그건 아니지!"

주임상사는 이렇게 얘기를 하면서도, 마치 '다 이해한다'는 듯이 고개를 끄덕거리며 그냥 소각장을 지나쳐 버렸다.

"10분간 휴식!"

그 근처에서 사역하고 있던 우리는 이 구령이 떨어지자마자, 기다렸다는 듯이 너나 할 것 없이 윗주머니에서 쓰디쓴 화랑 담배를 꺼냈다.

"담배 한 발 장전!"

선임의 구호와 함께 몇몇은 나무에 기대앉아 있기도 하고, 나머지는 땅바닥에 퍼질러 앉아 담배를 아주 맛있게 피워대기 시작했다. 모두 아무 말도 하지 않은 채, 애꿎은 담배 연기만 허공으로 뿜어냈다.

사역이 끝난 후, 삼열로 대열을 갖추어 부삽을 어깨에 메고 중대로 행진하고 있는데, 선임이 선창을 해서 모두 기분 좋게 따라 불렀다.

"한 개비 담배도 나누어 피우고, 기쁜 일, 고된 일, 다 함께~"

우리의 우렁찬 합창은 뒷산을 넘어 멀리멀리 퍼져 나갔다.

평온이 깃드는 내무반

11

혹한기 훈련

1978년 3월 중순 어느 날이었다.

매년 이맘때면 'ㅇㅇ훈련'을 시행하는데, 나는 입대 후 처음으로 이 훈련에 참가하였다. 짙은 안개가 화악산 능선을 따라 감싸고돌고 있었고, 국도를 따라 각종 화기, 군용차량, 군 병력이 산허리를 넘어서까지 뱀같이 꼬리에 꼬리를 물고 일렬로 길게 줄지어 이동하는 모습은 과히 영화장면처럼 장관이었다.

완전군장을 하고, 걸어서 흙먼지가 풀풀 날리는 움푹 패어있는 노면과 굴곡이 심한 산등성이를 몇 개나 넘어야 훈련장까지 도달할 수 있는 엄청난 거리였지만, 나에게는 아직 어떻게 훈련이 진행되는지

피부에 와 닿지 않았다.

나는 행군 중에 화악산 산등성이를 지나가면서 나무 사이로 산 정상 쪽을 바라다보았다. 산허리에서는 이제 막 피어나려고 하는 봄꽃들의 아우성이 들리는 듯싶었고, 산 정상에는 아직도 하얀 잔설이 많이 남아있었다.

이 꽃샘추위에 진지를 구축한다고 병사들이 산 밑에서 삽으로 시멘트, 자갈, 모래를 물과 섞어서 반죽한 후, 일일이 나무박스 통에 담아 등에 메고서 1,000미터 고지를 낑낑거리며 개미 떼 같이 우르르 오르고 있었다. 또 한쪽에서는 수십 년은 되어 보이는 아름드리나무를 베어 어깨에 멘 채 휘청거리며, 산비탈을 거슬러 산 정상 쪽으로 올라가는 모습을 먼발치서 보니 마음이 짠했다.

일단 우리는 우리 소대가 주둔할 곳이 정해져 5~6인용 야전 텐트를 치기 시작했는데, 마침 눈이 펄펄 내리기 시작했다. 이곳은 눈이 한번 내리면 1미터 정도 쌓이는 것은 보통이라 제설작업에 많은 시간을 할애하게 되었다.

뭐니 뭐니 해도 이 부대에 입대해서 그동안 제일 많이 한 일은 역시 제설작업이었다. 몇 시간 내내 치워도, 끝이 없이 내리는 눈이 그동안 치운 만큼 다시 쌓이는 모습을 보노라면 하늘을 원망할 수만은 없었다. 이럴 때는 보통 발이 얼어 발가락이 사라지는 것과 같은 느낌을 받게 되는데, 그 고통은 이루 말로 형용할 수 없었다.

온기가 하나도 없는 텐트 안에서 모두 침낭 속으로 몸을 쏙 집어넣으니 머리통들만 삐쭉 밖으로 솟아 나왔다. 침낭에 누워있는 병사들의 얼굴은 한층 더 크고 거칠게 보였다. 나는 어둠 속에서 생각을 하나하나 더듬어 나가기 시작했다.

눈이 내리며 쌓이는 정적의 소리를 조용히 들을 수 있는 밤이 지나고 날이 밝았다.

담요를 탈탈 털어낸 후 텐트 밖을 내다보니, 온 세상이 하얗게 온통 눈으로 뒤덮여 어디가 어딘지 구분이 되지 않았다. 아직도 눈송이들이 차가운 바람과 함께 나무들 사이로 휘날리며 떨어지고 있었다. 나는 한동안 강하게 휘몰아쳐 가는 눈을 아무 생각 없이 바라봤다. 텐트 위에도 이미 묵직한 눈이 쌓여 그 무게를 더하고 있었다. 나뭇가지 끝을 무자비하게 흔들고 있는 바람은 더 많은 눈을 나뭇가지로부터 떨어뜨렸다. 머리를 스치는 아침의 싸늘한 공기는 호흡할 때마다 폐부를 송곳으로 콕콕 찌르는 것 같았다.

나는 일단 텐트 위에 쌓여있는 눈을 털기 위해 밖에 벗어놓은 군화를 신으려고 하니, 군화는 어젯밤 취침 전에 벗을 때 접어진 상태로 그대로 얼어붙어 있었다. 군화 속으로 발이 들어가지 않아 몹시 당황한 나는 할 수 없이 까치발 상태로 군화에 발을 대충 밀어 넣고는 발을 동동 굴렀다.

잠시 후, 아침 식사를 타러 '짬밥 통'을 가지고 취사반 트럭으로 갔다. 그곳에는 이미 긴 줄이 쭉 서 있었다. 하늘을 보니 눈은 더 심하게 내리고 있었다. 밥과 국을 담는 큰 양동이에 뚜껑이 없었지만, 우리 신병들은 휘날리는 눈을 등지고 서서 떨어지는 눈발을 아랑곳하지 않고 국자로 국과 밥을 식판에 골고루 퍼 담아 소대원들에게 일일이 배급을 시작했다.

오늘 아침 식사메뉴는 명색이 돼지고기 국인데, 국에는 돼지비계 몇 조각만이 둥둥 떠다니고 있었다. 모두 배식을 받자마자 자기 식판에 담긴 고깃국을 수저로 휘휘 저으며 고깃덩어리를 확인하느라 분주했다. 저쪽 구석에 자리하고 있는 한 말년 병장의 식판 위에는 고깃덩어리가 산더미처럼 수북이 쌓여있었다.

젓가락으로 김치를 집어 올리니 김치에는 고춧가루가 하나도 보이지 않았다.

"이거 김치 맞아요?"

나는 선임 상병에게 물어봤다.

"……"

그 선임 상병은 아무 말도 하지 않았다.

"이거 백김치 아닌가요?"

다른 소대원이 물었다.

"……"

그는 어떤 질문에도 대답하고 싶지 않은 눈치였다.

"그냥 주는 대로 처먹어!"

결국에 옆에 있던 다른 상병이 짜증을 내며 말했다.

"지난번에 취사반에 갔더니 취사병 세 명이 모여앉아, 고춧가루와 각종 양념으로 잘 얼버무린 김장김치를 시시덕거리며 먹던데…"

다른 소대원이 손등으로 입을 훔치며 말했다.

"아니꼬우면 너도 취사병이 되던가!"

뒤에 있던 한 병장이 일어서면서 바지에 묻은 눈을 손으로 툭툭 털면서 소리치자, 갑자기 분위기가 조용해졌다.

나는 도무지 이것으로는 이 난국을 해결하지 못할 것 같아, 텐트 옆에서 별도로 불을 지펴 그동안 몰래 감춰두었던 라면 몇 개를 꺼내어 선임들에게 끓여주었다.

"라면은 역시 군대에서 먹는 라면 맛이 최고야!"

모두 이구동성으로 말했다.

비록 불어터진 라면이지만, 모두 반합 뚜껑에 라면을 덜어 게눈 감추듯이 허겁지겁 먹어치웠다.

훈련의 마지막을 장식하는 '150km 행군'은 행군 중 식사시간을 빼고는 취침시간도 없이 며칠을 걸었는지조차 기억이 나지 않을 정도로 지옥의 행군이었다. 야밤에는 달그림자를 밟으며, 졸린 눈을 감은 채 그저 앞으로 걷다가 가끔 논두렁에 빠지곤 했다.

거의 눈을 붙이지 못해 행군이 계속될수록 우리 소대는 좌우로 대열이 뒤죽박죽되어버렸고, 길바닥에서라도 그저 시체처럼 쓰러져 곯아떨어져 자봤으면 하는 바람뿐이었다. 걸으면 걸을수록 눈꺼풀이 납덩어리처럼 무겁게 무게를 더하여왔다.

다행히 우리는 낙오자 한 명 없이 행군을 무사히 마치고 부대에 복귀했다. 입안이 다 헐고 깔깔해서 밥이고 뭐고 다 귀찮았다. 아무것도 먹을 수 없었다. 땀에 푹 절어버린 군복 여기저기에는 소금기가 하얗게 얼룩무늬를 만들어냈다.

나는 극도의 수면 부족과 피로 때문에 군화도 벗지 못한 채, 납덩이같이 무거운 몸뚱이를 침상 위에 털썩 내동댕이쳤다. 나 역시 벌러덩 침상에 눕자마자 남들처럼 코를 드르렁 골며 깊은 잠에 빠져버렸다.

온종일 취침을 한 후 겨우 눈을 뜨고 군화를 벗어보니, 차마 무어라 형용할 수 없을 정도로 발이 퉁퉁 붓고 물집이 생겨 형상을 전혀 알아볼 수 없었으며, 종아리에는 알이 배겨 도무지 한 발자국도 나아갈 수 없었다.

12

—

내무반 회식, 나팔병

오늘은 특별히 부대장이 산돼지 한 마리를 특식으로 장병들에게 희사해서, 모처럼 우리는 내무반에서 회식을 갖게 되었다.

군수과에 소속된 우락부락하고 투박한, 산적같이 생긴 천 일병이 산돼지 목을 직접 따서 잡아 취사반에 넘겨주어, 취사병들이 그것을 고깃국으로 끓여 각 중대에 특별배식을 했다. 천 일병은 입대 전에 고향인 충청도에서 푸줏간을 운영해서 그런지, 돼지를 잡는 솜씨가 모두 혀를 차게 만들었다.

식사 후, 오랜만에 소대원들이 한자리에 모였다.

"나 어떡해, 너 갑자기 가버리면~"

"사이! 사이!"

"나 어떡해, 너를 잃고 살아갈까~"

"살리고! 살리고!"

내무반은 소대원들의 열창으로 열기가 넘쳐흘렀다.

작년에 처음 열린 대학가요제에서 대상을 수상한 '나 어떡해'를 비롯해서, 소대원들은 가요와 뽕짝 메들리를 원 없이 목 터져라 불러댔다.

내무반 한가운데에서는 사회에서 밴드 멤버로 활동했다는 강 일병이 소대원들이 부르는 노래에 맞춰, 쇠 주전자 위를 숟가락 두 개로 박자를 멋들어지게 만들어 두들기면서 흥을 돋우었다.

이날은 소대원들 모두 부어라 마셔라 하면서 그동안 쌓였던 회포를 풀었는데, 안다미로 따라준 막걸리에다가 강원도에서 만든 소주를 직접 섞어 폭탄주를 만들어 기세 좋게 단숨에 입안 깊숙이 쏟아넣었다. 한입 쭉 들이키자, 짜릿한 맛이 혀끝으로 미끄러져 내려가며, 술기운이 점차 내 몸을 마비시키듯 퍼져나가는 것을 느꼈다.

적어도 모두 이 순간만큼은 소대원들 사이에 생겼던 갈등, 분노 등을 까맣게 잊고 싶은 모습이었다.

"회식 끝나고, 우리 중대별 기마전 시합을 합시다!"

누군가가 이렇게 제안했다.

"본부중대 행정반은 뭐해?"

"빨리 다른 중대에도 연락해서 기마전 시합합시다!"

여기저기서 모두 아우성을 쳤다.

사방에서 귀찮게 졸라대서인지, 본부행정반에서는 급히 각 중대행정반과 기마전 시합과 관련하여 연락을 취하느라 분주해졌다.

그로부터 약 10분 정도 지났을까.

드디어 각 중대가 기마전 시합에 동의하고 기마전에 나갈 병사들을 뽑았는데, 우리 소대는 계급이 낮은 순서로 제법 건장한 소대원들로 구성되었다. 그러고는 소대원들 모두 일사불란하게 어지럽힌 회식 자리를 정리하고 연병장에 집결해 응원준비 태세를 갖췄다.

드디어 모두 얼큰하게 취한 상태에서 중대별 기마전 시합이 열렸다. 명단에 뽑힌 사병들은 술에 거나하게 취해 몸을 제대로 가누지 못하는 상태에서도 웃통을 벗고, 자존심을 걸고 위험스럽게 보이는 기마전 시합을 시작했다.

그러나 상대방 중대 병사들은 바지 주머니에서 유리 조각, 못 등 위험한 흉기를 꺼내어 기마전에 참여한 우리 소대원들 허벅지 등을 마구 찌르는 바람에 기마전 시합은 도중에 중단되었고, 기마전 시합은 험악한 중대별 패싸움으로 번져버렸다.

이 소식을 전해 들은 부대장이 노발대발하는 바람에, 결국 이날 부대 회식은 새벽까지 '완전군장 구보'로 마무리되었다.

다음 날, 취침시간이 되었다.

그런데 취침을 알리는 나팔소리가 오늘따라 들리지 않았다. 입대 이후 한번도 빠짐없이 들어 온 익숙한 취침 나팔 소리였기에, 나는 매우 이상하게 생각했다.

갑자기 인사과장이 내무반 문을 박차고 들어왔다.

"나팔병! 이 새끼 어디 있어?"

그는 분을 참지 못하고 씩씩거렸다.

"이기자!"

사색이 다된 나팔 병이 인사과장 앞으로 뛰어와 경례구호를 외치고는 부동자세로 그 앞에 섰다.

"야 이 새끼야! 취침 나팔을 불지 않으면 어떡해?"

인사과장은 군홧발로 나팔 병의 정강이를 무자비하게 걷어차기 시작했다.

"예! 시정 하겠습니다!"

"시정 하겠습니다!"

나팔 병은 인사과장에게 맞으면서도 계속해서 같은 말만 되풀이했다.

우리는 인사과장의 매질이 끝날 때까지 숨을 죽이고 이 광경을 지켜볼 수밖에 없었다.

"너, 앞으로 또 그러면 영창에 보낼 줄 알아!"

인사과장은 나팔 병에게 마지막 경고를 하고는, 다시 문을 박차고 나갔다.

내무반에 잠시 침묵이 흘렀다.

"오늘 왜 취침 나팔을 안 불었어? 무슨 일 있었어?"

인사과장이 돌아가자, "군 입대하기 전에 나이트클럽에서 트럼펫을 연주했다"는 나팔병 곁으로 가서 나는 물어보았다.

"취침 나팔 시간에 시계를 맞춰놨는데, 시계 약이 다 떨어져서 시계가 멈춘 것을 몰랐어."

나팔병은 말끝을 흐렸다.

이 말을 들은 나는 갑자기 마음이 짠해지기 시작했다.

13

친형의 방문

훈련장에서 소대원들끼리 재미있게 여자들이 제일 싫어한다는 '군대에서 축구를 한 얘기'를 하면서 웃고 떠들고 있는데, 갑자기 본부중대 선임하사가 우리에게 다가오더니 나를 불렀다.

"애인이 찾아왔으니 지휘본부로 속히 가봐!"

"애인이라뇨?"

나는 어리둥절했다. 이곳 오지 훈련장까지 애인이 나를 찾아온다는 말 자체가 앞뒤가 맞지 않았기 때문이었다.

나는 부지런히 지휘본부로 뛰어갔다. 그곳에는 옆 부대에 근무하는 친형이 와있었다. 수년 전, 아버지와의 갈등으로 가출한 후 사회에서 모진 고생을 하다가 자진 입대한 형이었다. 지난번 내가 이곳 사단에 전속되었을 때 전화통화만 했었는데, 오늘은 약속대로 직접 나를 찾아온 것이었다. 아마도 사단 전체가 같이 움직이는 대규모 훈련이다 보니, 가까운 곳에 훈련을 온 김에 나를 찾았던 것 같았다.

"형! 오랜만이네, 잘 있었어?"

나는 무척이나 할 말이 많았으나 그냥 의례적인 질문으로 대신하였다.

"하하하! 나는 잘 지내. 너나 잘 지냈으면 해!"

체중이 90킬로그램에 달하는 거구인 형은 너털웃음을 지으며 말했다.

형은 이제는 군 생활에 적응이 되어서인지 여유가 듬뿍 묻어 나왔다.

"나는 사단 예하부대인 ○○연대 군수과에서 부식을 담당하고 있어."

형은 훈훈하게 말을 이어 나갔다.

"오늘도 부식을 잔뜩 싣고 이곳 훈련장을 온 김에 잠시 와봤어."

형은 무엇인가 생각하는 듯 잠시 말을 멈췄다.

"잘 있는 모습을 봤으니 이제 됐네. 이만 갈께!"

형은 서둘러 자리를 뜨면서 말했다.

"……"

나는 여느 때와 같이 이번에도 아무 말도 하지 않았다.

형은 떠나가면서 우리 본부중대 하사와 몇 마디 나누고는, 부식을 잔뜩 실은 트럭 위에 급히 올라탔다.

"부르릉, 부르릉…"

형은 트럭에 시동을 걸었다.

트럭은 배기 통에서 시커먼 매연을 뿜으며 서서히 움직이기 시작했다.

"다음에 또 봐!"

형은 트럭 운전석에서 나에게 손을 쭉 뻗어 흔들며 작별인사를 했다.

"……"

나는 멀어져 가는 트럭의 뒤꽁무니를 멀리 사라질 때까지 바라봤다.

'형이 올해 상병말년이니까, 내년에 병장제대 하겠구나…'

나는 형이 입대한 년도를 생각해 내어, 손가락을 꼽으며 계산을 해봤다.

'형이 하루라도 빨리 제대해서 홀어머니와 같이 있으면 좋겠다'는 생각을 또다시 하게 되었다. 어머니 곁에는 돌볼 사람이 아무도 없는데, 두 형제 모두 이곳에서 같이 군 복무를 하고 있는 현실이 야속하기만 했다.

14

단체목욕 가는 날

"집합!"

중대본부 선임하사가 내무반에 들어서더니 소대원들을 재촉했다.

소대원들의 얼굴에서는 웃음이 끊이질 않았다. 왜냐하면 오늘의 '집합!'은 여느 때와는 다른, 모처럼 부대 밖에 있는 사단사령부 목욕탕에 단체로 가서, 때 빼고 광내고 하면서 그동안 쌓였던 심신의 피로를 풀고 오는 날이기 때문이었다.

사병들의 위생을 위해 '목욕하는 날'이 정해져 있어, 이날만을 모두 손꼽아 기다리곤 했다. 이날을 기다리는 또 하나의 이유는 목욕탕을 가려면 마을중심지를 통과해야 되는 데, 간만에 마을 구경도 하면서 군인이 아닌 '사제 인간'들을 마음껏 볼 수 있어서였다.

마을 모퉁이에 있는 다리를 건너기 바로 전에 자리한 ㅇㅇ다방 앞을 우리 대열이 지나가자, 다방 여종업원들이 모두 나와서 우리에게 반가운 손짓을 해댔다.

"하이! 미스 리!"

옆에 있는 김 상병이 그녀에게 반갑게 말을 건넸다.

"아이고, 김 상병님! 오랜만이에요! 요새는 통 볼 수가 없네요?"

'미스 리'라 불리는 다방 여종업원 역시 살갑게 손을 흔들며 김 상병에게 아는 척을 했다.

몇 명의 소대원들 역시 안면이 있는 다방 여종업원들에게 손을 흔드느라 정신이 없었다. 그들은 소리 나는 쪽을 향해 손을 흔들어주고는 다시 대열 사이를 걷기 시작했다.

"미스 리는 이 다방에 몇 년째 있는데, 아마도 미스 리에게는 사단 병력 숫자만큼의 병사들이 거쳐 갔을 것 같아."

김 상병은 의미심장한 미소를 띠며 나에게 무용담처럼 말했다.

"……"

나는 처음에는 무슨 뜻인지 몰라 그저 침묵을 지킬 수밖에 없었다.

우리 대열이 목욕탕에 도착하자, 이곳에 새로 도착한 병사들과 이미 목욕을 마치고 나오는 병사들로 다소 혼잡스러웠지만, 다행히 우리는 몇 분 기다리지 않고 바로 목욕탕에 들어갈 수 있었다.

약 한 시간 정도의 '목욕 할당시간'이 아쉽게 후딱 지나갔다. 우리는 목욕탕 앞에서 다시 대열을 정비한 후 상쾌한 기분으로 다시 부대로 돌아오는데, 부대로 복귀하는 길에는 목욕탕에 갈 때보다 모두 더욱 우렁차게 군가를 부르며 가는 것 같았다. 나 역시 몇 개월 만에 제대로 목욕을 하고 나니, 그동안 찜찜했던 기분은 눈 녹듯이 다 사라지고 마치 구름 위를 걷는 기분이었다.

이날 저녁 점호시간 직전이었다.

내무반장은 뜬금없이 우리에게 바늘과 실을 나누어 주었다. 알고 보니 내무반에 '이'가 기승을 부리는 바람에, 우리는 사역을 마치고 내무반 침상에 쪼그리고 앉아 '이' 죽이는 약을 조그만 주머니에 넣어 군복 이곳저곳에 서투른 바느질 솜씨로 꿰매어 붙였다.

어릴 적에 어머니가 희미한 불빛 아래에서 내 머리맡에 앉아 찢어진 헌 옷에 헝겊을 대어 꿰매어 주시던 생각이 아스라이 떠올랐다.

15

—

고교동기와의 만남

1979년 2월 중순이었다. 여느 때와 같이 이곳 화악산 너머로는 수은주가 영하 23도를 가리키고 있었는데, 실제 체감온도는 영하 30도를 밑도는 것 같은 살을 에는 강추위가 엄습해왔다.

어느덧 나도 일병 계급장을 떼고 상병이 되었다. 다른 동기보다 일찍 상병을 달게 된 나는 이만큼 무사하게 잘 견디고 있는 나 스스로가 무척이나 대견스러웠다. 사방을 둘러보면 이곳은 온통 설산과 파란 물감으로 물들인 것 같은 차가운 느낌의 하늘밖에 보이지 않는 오지 중 오지이지만, 어느덧 나도 모르게 이곳에 점차 정착되어 가는 느낌이 들었다.

하루는 인사과에 있는 맹 일병과 많은 대화를 나누게 되었다.

"이 상병님은 고향이 어디예요?"

맹 일병이 갑자기 내 고향을 물었다.

"서울 마포 새우젓 동네야. 하하!"

나는 정말 오랜만에 '새우젓 동네'라는 단어를 써봤다.

"그런데 말하다 보니까 제 군 동기 중에 이 상병님과 같은 고교동 기가 있어요."

맹 일병은 나에게 말하면서 누군가를 생각해내는 듯했다.

"누군데?"

나는 맹 일병의 얘기를 듣자마자 궁금해서 물었다.

"이 ○○ 일병인데, 현재 우리 사단 예하 부대에서 근무해요."

"그래? 그럼 다음에 우리 부대에 한번 놀러 오라고 해!"

나는 고교친구의 이름을 듣는 순간, 반가운 마음에 마음이 설레기 시작했다.

지난번 훈련소에서 동인이를 만났던 이후, 고교 동기는 처음이었 기 때문이었다.

그로부터 일주일이 지났다.

"이 상병님!"

맹 일병이 나에게 헐레벌떡 뛰어왔다.

"왜?"

나는 무슨 일인가 물어보면서 그를 향해 급히 고개를 돌렸다.

"이 상병님 고교동기인 이 ㅇㅇ일병이 지금 인사과에 와 있으니 빨리 와 보세요!"

나는 이 말이 끝나기가 무섭게 인사과로 막 달려갔다.

그곳에는 고교동기인 이 ㅇㅇ일병이 주춤하며 서 있었다.

몰골을 보니 옛날 내 일병시절처럼 까무잡잡한 얼굴에, 군복은 빨래를 하지 못해 새까맣게 때가 탄 상태였다.

"야! 진짜 오랜만이다!"

"와! 이런 데서 다 만나네?"

"잘 지내지?"

"나야 잘 지내지, 너는?"

나는 친구를 만났다는 반가운 마음과 동시에, 신병 시절에 고생했던 생각이 한꺼번에 몰려와서 마음이 울컥했다. 우리는 PX에 가서 과자, 빵 등을 먹으며 얘기 보따리를 풀면서 그동안의 회포를 풀었다.

"옆 부대에서 근무하고 있으니까 자주 보자!"

"그래, 연락 자주 하고!"

한참 시간이 흘러, 우리는 아쉬운 작별을 고할 수밖에 없었다. 나는 부대로 복귀하기 위해 저 멀리 걸어가는 고교동기의 뒷모습을 사라질 때까지 눈에 담았다.

16

___

마을전화국 교환원 미스 김

나는 무전기를 수리 하고자 부대 내 통신대를 찾았는데, 말년병장 몇몇이 교환실에 웅크리고 앉아, 그곳에서 구내 전화를 통해 마을전화국에 파견근무를 하는 교환원 미스 김과 시시덕거리고 있었다.

"이 일병! 마침 잘 만났다."

그들 중 한 명이 나를 보자마자 반갑게 말을 걸었다.

"무슨 일이십니까?"

나는 대답하면서, 이들이 나한테 또 어떤 해코지를 할지 몰라 긴장한 상태로 이들을 주시했다.

"이 일병! 오늘은 아무 일도 아냐."

그는 오늘따라 나에게 편안하게 대해 줬다.

"마을전화국에 내려가서 그곳에 근무하는 미스 김에게 이 편지 좀 전해줘!"

그중 한 명이 나에게 다가와 주머니에서 한 통의 편지를 꺼내면서 부탁했다.

"아 참! 그리고 돌아오는 길에 마을 선술집에 들러 막걸리와 감자 전도 좀 챙겨오고!"

그는 나에게 몇 번이나 당부했다.

"예! 알겠습니다!"

나는 빨리 대답했다.

나는 만일의 사태에 대비하여 암구호를 몇몇이나 달달 외웠다. 그 것도 모자라 잊어버리지 않기 위해 손목 안쪽에도 사인펜으로 암구 호를 진하게 눌러 적고는, 위병초소 옆 산비탈 지름길을 타고 마을로 내려갔다.

나는 오늘로써 열 번 이상이나 이 같은 말년병장들의 심부름을 무 난히 완수해왔기에, 그들의 심부름은 이제는 나에게 있어서 마을 구 경을 하면서 바람도 쐴 수 있는 아주 좋은 기회였다.

마을 삼거리에는 헌병초소가 있어서, 그 옆에 있는 다리 밑으로 낮은 포복을 해서 무사히 그곳을 통과해야만 전화국에 다다를 수 있 었다.

무사히 교환대에 도착해 안을 들여다보니, 두 평정도 되어 보이는 조그만 방 한가운데에 있는 교환대에 3명의 여성 교환원들이 앉아서 바삐 고객들의 전화 연결을 해주고 있었다.

문을 들어서니 부대 내에서는 맡지 못했던 향긋한 화장품 냄새가 은은하게 내 코를 자극했다.

"고객님, 어디 안내해 드릴까요?"

그중 한 여성 교환원이 문을 열고 들어오는 나를 보고 물었다.

"아, 예…미스 김이 어느 분이신가요?"

나는 말년병장들의 특별 심부름이라 그녀에게 최대한 공손하게 물었다.

"전데요. 무슨 일이시죠?"

가운데 앉아있던 다소곳한 여성 교환원이 나를 물끄러미 쳐다보며 대답했다.

"저, 저 … 편지 전하라고 해서 왔는데요….”

나는 말을 더듬거리며 윗주머니에 소중하게 넣어 온 편지를 꺼내 미스 김에게 전했다.

나는 미스 김을 보는 순간 내 눈길이 딱하고 그녀에게 멎어버렸다.

'입대 이후 본 여성 중에서 제일 예쁘다'는 생각이 먼저 들어, 나는 미스 김에게서 도저히 눈을 뗄 수가 없었다. 이곳에 더 머물면서 미스 김과 많은 얘기를 나누고 싶었으나, 말년병장들이 부탁한 막걸리와 감자전이 뇌리에서 떠나지 않아 나는 이만 자리를 일어서야 했다.

"저…저…안녕히 계세요…"

나는 더듬거리며 인사말을 했다.

부대로 복귀하는 길에 있는 조그만 야산 기슭에는 40대 중반의 과부 아줌마가 선술집을 운영하고 있었다. 나는 그곳에서 막걸리와 감자전을 사서 들고 부대로 향했다. 물론 이 비용은 고스란히 내가 군대에서 꼬박꼬박 모아온 쥐꼬리만 한 일병 봉급에서 지출되었다.

부대로 돌아오는 길에도 계속해서 미스 김의 얼굴이 삼삼하게 내 눈앞에 아른거렸다. 말년병장들이 미스 김에 병적으로 집착하는 이유를 이제야 알게 되었다.

나는 가끔 미스 김 얼굴이 떠올라 엉덩이가 들썩거렸다. 그녀의 정식이름도 모른 채, 말년병장들이 얘기하는 대로 나도 그냥 편하게 '미스 김'이라고 불렀다.

어느 늦은 밤이었다.

나는 맞아 죽을 각오를 하고 말년병장들 모르게 혼자서 미스 김 얼굴을 보기 위해 지난번과 같은 방식으로 마을로 내려가 마을전화국을 찾아갔다. 교환실 창문을 통해 열심히 근무하고 있는 미스 김 얼굴을 확인하니, 왠지 모르게 내 마음은 오히려 더 차분해지기 시작했다. 초등학교 때 남보다 일찍 느꼈던 짝사랑 같은 황홀한 기분을 미스 김으로부터 다시 느끼게 되는 것 같았다.

그러나, 어느 날 누군가가 "미스 김은 약혼자가 있다"라는 중요한 정보를 나에게 알려준 이후부터는, 내 마음은 나도 모르게 미스 김으로부터 멀어져만 갔다.

어느 일요일 저녁 무렵이었다.

나는 중대본부 행정반에서 외출증을 끊어 마을에서 일을 보고 부대로 오는 길에 우연히 본부중대 선임하사를 만났다.

"이 일병? 여긴 웬일이야?"

"아, 예, 지금 일을 막 끝내고 부대로 들어가는 길입니다."

"그래? 그럼 저녁은 아직 안 먹었겠네?"

"예, 아직…"

"그럼 우리 집에 가서 간단하게라도 먹자!"

나는 선임하사에게 끌려가다시피 그의 집으로 갔는데, 집은 내가 생각하는 일반적인 집이라기에는 너무 허름하였다. 부대 뒷산 기슭에 도시 판자촌에 있는 집처럼 이것저것 나무, 함석 등 자재를 구해다가 대충 이어 붙여서 만든 모습이었다.

지붕을 보니, 어린 시절 초가지붕 위에서 봤던 박꽃이 화사하게 활짝 핀 모습으로 나를 반갑게 맞아주었다.

"여보! 나야!"

선임하사는 집 안을 향하여 자기 부인을 불렀다.

"예! 조금 기다리시면 저녁 준비해서 나갈게요!"

부엌에서 소프라노 톤의 부인 목소리가 곱게 흘러나왔다.

"이 일병! 집은 누추하나 어서 들어와!"

"예!"

나는 군화를 벗고 방 안으로 들어갔다.

방안에는 아기 기저귀가 여기저기 널려있었고, 구석에서는 한 갓 난아기가 이불을 덮은 채 새근새근 잠을 자고 있었다.

조금 있으니, 선임하사 부인이 부엌에서 구수한 냄새를 풍기며 된 장찌개를 끓여 나왔다.

"차린 것이 없는데 어쩌죠?"

선임하사의 부인은 갑자기 찾아온 나에게 미안한 표정을 지으며 식사를 권했다.

눈을 들어 그녀의 얼굴을 보니, 마을전화국에서 근무하는 미스 김 과 너무 빼어 닮아 나는 깜짝 놀랐다.

"혹시 마을전화국에 근무하는 미스 김 아세요?"

나는 호기심이 발동하여 조심스럽게 물었다.

"아! 미스 김 말이에요? 미스 김은 내 친동생이에요."

나는 이 말에 또 한 번 깜짝 놀랐다.

"이 마을은 우리가 태어나서, 어려서부터 지금까지 쭉 이곳에서 자랐어요."

그녀는 계속 말을 이어 나갔다.

"동생은 몇 년 전에 전화국에 취직해서 지금 마을전화국에서 근무하고 있고, 나는 선임하사님하고 2년 전에 결혼했어요."

"조금 있으면 선임하사님이 다른 부대로 전출할 것 같아 이곳에 임시로 머물고 있어요."

나는 그녀의 말을 들으니, 그동안 궁금했던 생각들이 상당 부분 해소되었다.

이날 저녁 식사로 먹은, 정이 듬뿍 담긴 된장찌개는 오랜만에 내 입에 착 붙었다.

Chapter 05

박 일병의 자살소동

17

―

박 일병의 전입

내무반 입구에서 쭈뼛거리며 들어오는 처음 보는 일병이 있었다.

내무반 관물대 앞에서 총기 손질을 하고 있던 우리는 그 일병에게 눈길이 쏠렸다.

"신고합니다! 일병 박ㅇㅇ는 오늘부로 본부중대 명을 받았습니다. 충성!"

박 일병은 우렁차게 전입신고를 했다.

얼굴을 보니 바람과 햇볕에 그을려서 그런지 까무잡잡했다.

"야, 이 새끼야! 여기가 네가 있던 부대야? 여기서는 경례구호가 '충성!'이 아니라 '이기자!'라고! 다시 해봐!"

한 말년병장의 입에서 불호령이 떨어졌다.

"예! 시정하겠습니다! 신고합니다! 일병 박ㅇㅇ는 오늘부로 본부중대 명을 받았습니다. 이기자!"

박 일병은 잠시 어리둥절한 표정을 지으며 경례구호를 바꿔 다시 전입신고를 했다.

"킥킥"

침상 끝 구석에 삼삼오오 옹기종기 모여 있던 말년병장들은 박 일병을 놀려먹는 재미가 있었는지 낄낄거리며 웃었다.

"이번에는 '이기자!'가 아니라 '필승!'으로 다시 바꿔서 신고를 해봐!"

그중 다른 말년병장이 심술궂게 재촉했다.

"……."

박 일병은 눈치를 살피며 입을 다물었다.

내무반도 따라서 갑자기 조용해졌다.

"야! 그만해! 이제 됐으니까 그만 네 자리로 들어가!"

말년병장 중 한 명이 이런 장난이 영 재미가 없다는 표정을 지으며, 무거운 침묵을 깨고 박 일병을 향해 내뱉었다.

"예! 알겠습니다!"

박 일병은 이런 내무반 분위기에 적응이 안 되는지, 얼굴에는 머쓱하고 찜찜한 기색을 지으며 침상 끝에 가서 잠자코 웅크리고 앉았다.

연륜을 말해주듯 걸을 때마다 삐걱거리는 소리가 나는 나무로 만든 침상 중간쯤에 박 일병의 자리가 배정되었다.

사실 경례구호 '이기자!'는 세 글자라서 다른 부대에서 사용하는 '충성!', '단결!' 등 두 글자의 구호보다 더 빠르게 외쳐야 제대로 들리기에, 이곳에 처음 전입와서 이 경례구호를 제대로 하지 못한다고 많은 기합받곤 했다.

나는 옆 부대에서 새로 전출되어 온 박 일병을 보자 내 신병 시절이 갑자기 떠올랐다. 시간이 흘렀는지 이제는 그 때에 겪었던 혹독함마저 아련한 추억으로 자리를 잡아가는 것 같았다. 그러나 '박 일병이 왜 옆 부대에서 우리 중대로 전출되었는지?'에 대해서는 아직 그 이유를 알지 못했다.

올해 초에 지긋지긋했던 '악마의 화신' 양 병장을 비롯해 그 동기들이 모두 제대하고 나서 그런지, 내무반에는 아무 일 없이 그런대로 평온함이 감돌았다. 양 병장 시절과는 다르게 '더 이상의 시시비비가 없다'는 사실에 나는 일단 안도감을 느꼈다.

"이제는 홀어머니 곁으로 가서 같이 있게 되었단다."

같은 사단 ○○ 연대에서 근무했던 친형 역시 지난달에 제대하면서 마지막으로 나에게 전화를 했다.

"형! 그동안 고생 많았어."

나는 그동안 못했던 말을 모아서 이렇게 짧게 말했다.

"몸조심하고!"

형은 마지막으로 대답했다.

나는 형이 제대한다는 소식에 마음이 아주 편안해지고 홀가분해졌다. 아마도 형이 홀어머니 곁에서 돌볼 수 있어서 그런 마음이 드는 것 같았다.

이제는 내 주위를 둘러싼 모든 것들이 차분하게 원래대로 제자리를 잡아가는 것 같았다.

18

박 일병의 과거

"박 일병! 고향이 어디야?"

나는 총기를 손질하고 있던 박 일병을 내 옆에 앉히고는 이것저것 물어보았다.

"서울 마포입니다!"

나와는 두 살 밑인 박 일병이 대답했다.

"어? 나와 같은 마포 새우젓 동네이네?"

나는 박 일병의 고향이 나와 같아서 무척 반가웠다.

나는 내가 태어난 서울 마포경찰서 뒷골목이 불현듯 생각났다. 내 부모님은 '고향이 북한 황해도인데, 그 동네에서 대지주였다던 할아버지를 홀로 놔두고 할머니와 함께 6.25 때 나룻배로 한강을 따라 피난을 와서 마포에 정착했다'고 하셨다.

"그때 같이 나룻배를 타고 피난을 왔던 다른 황해도 출신 사람들과 함께 마을을 형성한 곳이 바로 네가 태어난 곳이란다."

"빨리 통일이 되어 고향땅을 밟아봤으면."

내가 자라면서 어머니가 늘 하신 말씀이 문득 생각났다.

내 초등학교 시절에는 한강 물이 맑아 방과 후에 친구들과 함께 마포나루로 가서, 나룻배를 직접 저어 강 중간에 있는 모래톱까지 가곤 했었다. 수영놀이를 하다가 배가 고프면, 강에서 직접 잡은 민물고기와 미리 준비한 무, 쑥갓, 고추장, 마늘 등 각종 양념을 담아간 양은 냄비에 대충 넣어 바로 그 자리에서 불을 지펴 끓여 먹던 추억이 떠올랐다.

뒷동산에 올라가 멀리 증기기관차가 파란 하늘에 검은 연기를 칙칙 내뿜으며 사라지던 장면, '10월 국군의 날 행사' 때 한강 변에서 영화장면 같은 공군 비행기의 폭격시범을 보려고 한강 주변이 인산인해를 이뤘던 장면, 그리고 '은방울 자매'가 불러 히트 쳤던 '마포종점'이라는 노래에 등장하는 전차 모습 등등이 주마등처럼 머리를 스쳐 지나갔다.

일요일 아침이 되었다.

나는 박 일병을 데리고 사단사령부 내에 있는 군 교회로 향했다. 부대에서 걸어서 약 40분 정도 걸리는 거리에 있기에 평소 교회를 다니지 않는 다른 병사들도 교회를 가면 주일마다 영내를 벗어나 바깥바람을 쐴 수 있어서 그런지, 생각보다 많은 병사들이 교회예배에 참석했다.

"교회에 가면 초코파이를 더 많이 준데! 빨리 가자!"

"그래? 그럼 빨리 가보자!"

우리 옆을 지나는 다른 병사들이 시시덕거리며 빠른 걸음으로 교회를 향해 걸어갔다.

"박 일병은 입대 전에 교회에 다녔었나?"

나는 박 일병에게 물었다.

"한때 목사가 된다고 목사고시 준비를 한 적이 있었어요."

평소 말이 없던 박 일병이 마치 오래전부터 알고 지내던 지인을 만난 것처럼, 모처럼 미소를 머금으며 편안하게 나에게 말문을 열었다.

"그래?"

나는 박 일병이 목사가 되려고 했다는 사실에 다소 놀랐다.

"그런데 왜 중간에 그만두었어?"

나는 궁금해서 박 일병에게 물었다.

"당시 담임목사님께서 내 신앙이 목사가 되기에는 너무 불성실하다고 하셔서요."

박 일병은 계속 말을 이어 나갔다.

"목사님께서 저에게 새벽기도, 수요예배, 금요 철야 등에 얼마나 열심히 나왔는지 물어보셨어요."

"저는 아무 말도 못 했죠. 그 이후 목사가 된다는 생각을 과감히 접었어요…."

박 일병은 말끝을 흐렸다.

그는 잠시 무슨 생각에 잠기는 듯했다.

"어려서 성경책을 그렇게 갖고 싶어서 ㅇㅇ문고에서 성경책을 그냥 가방에 담아 나온 적이 있었어요."

박 일병이 다시 말문을 열었다.

"계산대에 있던 여직원이 한참을 고민하더니 눈을 감아주었는데, 순간 '무언가 훔치다 들킨 도둑의 심정이 이런 것일까' 하는 생각이 문득 들었어요."

"아직도 그 서점에 성경책 값을 갚지 못하고 있어요. 제 손에 들고 있는 이게 바로 그 성경책이에요."

그는 목사님에게 고백하듯 나에게 성경책에 얽힌 비밀을 털어놓았다.

"그동안 말하지 못했던 비밀을 말하고 나니까 이제는 후련하네요."

이렇게 말하는 그의 얼굴에는 그동안 보지 못했던 편안함이 묻어 나왔다.

"그런데 그렇게 갖고 싶어 했던 성경책을 막상 손에 넣으니, 오히려 성경책을 잘 읽지 않게 되네요….”

박 일병은 어눌하게 다시 말끝을 흐렸다.

동시에 박 일병의 눈가에는 얼핏 무거운 그림자가 스쳐 지나갔다.

나는 박 일병이 손에 들고 있는 성경책을 바라보았다. 그의 성경책은 방금 산 책처럼 코를 자극하는 향긋한 잉크 냄새가 풍기는 듯했다.

"그렇지만 성경에서는 도둑질을 금하고 있는데!”

나는 박 일병이 잘 알아들을 것으로 생각하고 이렇게 여운만 남겼다.

"……"

잠시 침묵이 흘렀다.

"저희 아버지는 결국 자살로, 어머니는 화병으로 생을 마감하셨어요.”

박 일병은 갑자기 다른 화제로 말을 돌리더니, 어렵사리 가슴 속에 맺힌 말을 나에게 뱉어냈다.

"저런…고생 많았구나!”

나는 박 일병의 이 말에 새삼스레 마음이 울컥해졌다.

박 일병의 얼굴은 더욱 어두워졌다.

내가 박 일병을 마음에 담았던 이유는 나와 고향이 서로 같은 이

유도 있었겠지만, '아버지의 술주정 그리고 어머니에 대한 학대' 등등 박 일병의 가정환경이 나와 비슷해서 동병상련의 감정이 발동되는 것 같아서였다. 그래서 그동안 마음속에 쌓여있던 응어리를 서로 보듬다 보니 우리도 모르게 서로 친해진 것 같았다.

오후의 햇볕이 교회를 둘러싸고 있는 나무들을 따뜻하게 해주었다. 다소 서투르지만, 장병들로 구성된 군 성가대의 경건한 합창이 교회의 은은한 오르간 소리와 함께 마을로 울려 퍼져나갔다.

19

김 병장과의 관계, 위문편지

어느 날 밤, 나는 불침번을 서고 나서 침상에 누웠으나 잠이 오지 않아 이리저리 뒤척이고 있는데, 내무반 구석에 있는 페치카 뒤에서 묘한 신음소리가 났다. 나는 처음에는 내무반에서 키우는 고양이 울음소리인 줄 알았다. 자세히 소리를 들어보니 내무반 최고선임인 김 병장이 박 일병과 섹스를 하고 있었다. 예쁘장하게 생긴 박 일병이 김 병장의 여자파트너 역할을 하는 것 같았다. 나는 이 광경을 직접 목격한 후, 가슴이 철렁할 정도로 큰 충격을 받았다. 앞으로는 박 일병을 만나게 되면 그를 똑바로 바라보기가 민망스러울 것 같았다.

다음 날 아침이 되었다.

"혹시 김 병장과 박 일병의 관계에 대해 뭐 집히는 것 있나?"

나는 옆에 있던 홍 일병을 내무반 밖으로 불러내어 조용히 물어보았다. 그러나 홍 일병은 얼굴이 굳어지더니 입을 굳게 다물었다.

"괜찮아. 얘기해봐!"

나는 홍 일병을 닦달했다.

"제가 얘기했다고 하면 저 죽어요!"

홍 일병은 한참을 고민하는 듯했다.

"괜찮다니까! 내가 책임진다고 했잖아?"

내 목소리는 약간 격앙되기 시작했다.

"……"

홍 일병은 잠시 침묵을 지켰다.

"사실 박 일병이 우리 중대에 전속된 날부터 김 병장이 박 일병을 건드렸어요."

홍 일병이 말했다.

"그래? 그게 사실이야?…"

나는 홍 일병의 말을 듣는 순간 놀라서 말을 제대로 잇지 못했다.

나는 또다시 엄청난 충격에 빠졌다.

"그러니까 벌써 몇 달째가 되어가네요."

홍 일병은 담담하게 말했다.

나중에 안 사실이지만, 다른 소대원들 역시 두 사람의 관계를 익히 알고 있었으나, 후환이 두려워 그동안 쉬쉬하고 있었던 것이었다.

어느 나른한 오후였다.

"편지요!"

본부중대 인사계에 근무하고 있는 이 일병이 상기된 표정으로 편지 한 묶음을 내무반으로 들고 들어왔다. 갑자기 침상 위에 있던 소대원들이 우르르 이 일병에게 달려들어 자기에게 편지가 왔는지 확인하느라 내무반은 순식간에 아수라장이 되어버렸다.

나에게는 아무 편지가 없어 슬며시 자리로 돌아가고 있었는데, 누군가 등 뒤에서 어깨를 툭 쳤다. 이 일병이 싱긋 웃으며 편지 한 통을 나에게 들이밀었다.

어느 초등학생이 보내온 '국군 아저씨에게 보내는 편지'였다.

나 역시 초등학교 때 '국군 아저씨들'에게 매년 위문편지를 썼던 기억이 새록새록 생각났다. 내용을 보니 초등학교 4학년 여자아이가 보내온 편지였는데, 내용은 뻔했지만, 편지를 읽는 내내 마음이 훈훈해옴을 느꼈다. 불현듯 얼굴을 불쑥 내민 꽃망울처럼 설레는 감정은 정말 오랜만에 느껴봤다. 나는 편지를 쓴 초등학생을 생각해서 가능한 한 멋지게 답장을 쓰려고 편지지를 꺼내 머리를 쥐어짜며 안간힘을 쓰고 있었다.

그런데 갑자기 옆에 있던 박 일병이 편지를 전달하고 가는 이 일병을 불러 세웠다.

"내 편지는?"

박 일병은 이 일병에게 물었다.

"……"

이 일병은 침묵을 지켰다.

"내 편지 왔냐고 묻잖아?"

"저…저…편지는…"

"혹시 내 편지 누가 가져갔어?"

"……"

잠시 침묵이 흘렀다.

"네 편지 여기 있어!"

페치카 옆에 있던 한 말년병장이 한 통의 편지를 손에 들고 좌우로 흔들었다.

"네 누나가 보낸 편지냐?"

그가 박 일병에게 물었다.

"아닙니다!"

박 일병이 바로 대답했다.

"내용을 읽어보니까 여자가 보낸 편지가 맞는데?"

그 말년병장은 히죽거리며 말했다.

"박 일병! 너, 누나 있냐?"

그 옆에 있던 다른 말년병장이 박 일병에게 다정한 척 물었다.

"누나 없습니다!".

"너, 누나 있잖아?"

"누나 없습니다!"

박 일병은 누차 "누나가 없다"고 진지하게 말했지만, 그들은 곧이 곧대로 듣지 않는 모습이었다.

"제 사촌 여동생이 보낸 편지입니다!"

박 일병이 다시 대답했다.

"그래? 그럼 네 사촌 여동생 나에게 소개해줘!"

"……"

이번에는 옆에 있던 병장이 말을 건넸다.

"박 일병! 너 언제 총각 딱지 뗐냐?"

"…….."

"야! 입대 전에 여자들과 재미 좀 봤냐고 묻잖아?"

"…….."

박 일병은 내색하지 않고, 고개를 좌우로 흔들며 아무 말도 하지 않았다.

말년병장은 박 일병이 대답할 것을 전혀 기대하지 않았는지, 뒤돌아서서 다른 동기 병장들에게 눈을 찡긋해 보이고는 다시 자기 자리로 되돌아갔다.

박 일병은 결국 선임들의 후환이 두려워, 할 수 없이 사촌 여동생을 선임들에게 소개했다. 장난인 줄 알았는데 말년병장들은 정말로 그녀에게 연락을 취해서 "우리 부대에 면회를 오라"고 통사정을 했다.

그로부터 며칠이 지났다.

박 일병의 사촌 여동생은 친구들 세 명과 함께 과일상자, 고기 등을 잔뜩 사 들고 우리 부대로 면회를 왔다. 덕분에 본부중대 전체가 그녀들과 함께 예정에 없던 회식 시간을 갖게 되었다.

이 광경을 먼발치서 바라보는 대머리 인사계 주임상사의 얼굴은 엷은 미소를 띤, 제법 흐뭇한 표정을 짓고 있었다.

20

박 일병의 증세

밝은 아침햇살이 창문을 통해 내무반으로 살며시 들어왔다.

나는 어제 섞어 마신 술 때문에 머리가 깨지는 통증과 함께 전혀 일어날 기력조차 없었다. 눈을 겨우 뜨고 보니 박 일병이 나를 그윽이 내려다보고 있었다. 나도 박 일병에게 아무 생각 없이 싱긋 웃어 보였다.

나는 머리에 편두통이 너무 심해 내무반 건너편에 있는 의무대를 찾았다. 안을 보니, 마침 치료받는 병사가 없어서 기다리지 않고 바로 위생병에게 두통약 한 알을 얻어서 먹었다.

나는 의무대를 나오다가, 안쪽 구석에서 의자에 푹 기대어 '전우신

문'을 펼쳐 들고 앉아있는 군의관을 우연히 보게 되었다. 나는 군의관과는 평소 안면이 있어서 계급을 떠나 편하게 대하는 사이였기에, 최근까지 지켜본 '박 일병의 이상행동'에 대해 그와 시간을 가지고 하나하나 면담을 하였다. 나는 군의관과의 상담을 통해 박 일병의 문제를 정확하게 진단하려고 했다.

"군의관님! 이런 경우는 어떤 증상이라고 볼 수 있나요?"

나는 '박 일병의 이상행동'에 대해 하나씩 물어보기 시작했다.

"예를 들면, 관물대 앞에 앉아서 소총을 만지며 수백 번이나 "죽여야지, 죽여야지"하면서 되뇌는 경우 말입니다."

나는 누구라고 지칭을 하지 않고 조용히 물었다.

"음… 그 경우는 정신적으로 아주 심각한 경우인데… 혹시 내무반에서 누가 그러고 있나? 빨리 상부에 보고해서 조치 취해야 하는데….''

군의관은 얼굴이 갑자기 굳어지면서 나에게 말했다.

"우리 내무반에서 그렇다는 게 아니고, 제 친구가 있는 다른 부대에서 '고문관' 한 명이 그런 행동을 한다고 합니다."

나는 일이 더욱 커질까 봐 이렇게 대충 말을 얼버무렸다.

"다음에 나와 상담할 때에는, 누구 증상인지 분명히 밝혀야 정확하게 대응할 수 있어!"

군의관은 나에게 당부하듯 묵직하고 분별 있는, 낮게 깔린 목소리로 말했다.

"예! 잘 알겠습니다!"

나는 이렇게 말하고는 군의관과의 상담을 끝내고 나오는데, 마침 벽돌 크기 정도로 두꺼운 의학 사전 한 권이 서재에 꽂혀있는 것이 내 눈에 띄었다. 그 사전을 서재에서 꺼내 드니, 오래 묵은 책 먼지 냄새가 제일 먼저 내 코를 자극했다.

나는 '박 일병의 이상행동'을 요약하는 관련 용어를 찾으려고 사전을 이리저리 뒤적였다. 손가락에 침을 묻혀가며 사전을 한참 찾다 보니, 다음과 같은 용어를 발견할 수 있었다.

'주의력결핍, 과잉행동 장애(ADHD): 주의력과 집중력이 매우 약하고, 한시도 가만히 있지 않으며, 충동적인 행동을 보이는 정신질환이다. 어려서 적절한 치료 시기를 놓치면 정상적인 학습, 대인관계, 학교생활 등에 큰 지장을 주며, 성인이 되어서도 사라지지 않는다.'

"바로 이거야!"

나는 스스로 박 일병의 현재 증상을 설명하는 용어를 제대로 찾은 것 같아서 무릎을 쳤다.

사실 박 일병은 평상시에 사람과 대화를 할 때 상대방 눈을 빤히 쳐다보는 것도 아니고 그렇다고 딴 곳을 바라보는 것도 아닌 애매한 눈빛으로, 이리저리 산만하게 두리번거렸다. 어떤 때는 내무반 문을 나서면서도 문고리를 수십 차례 만졌다 놓았다를 반복한 후에야 "이

제 됐어"라고 혼자 중얼거리며 허겁지겁 보초근무를 나가곤 했다. 이 모습을 지켜본 소대원들은 설레설레 머리를 가로저었다.

　박 일병은 우울증의 어둡고 험난한 골짜기들을 혼자서 오르락내리락을 반복하는 것 같았다.

21

—

박 일병의 이상행동

　내무반 문을 나서는데 어디서 매캐한 냄새가 났다. 나는 이리저리 고개를 살폈더니, 연병장 언덕 위 숲에서 연기가 모락모락 피어오르고 있었다. 나는 급히 연기가 나는 곳으로 달려갔다. 누군가 쌓아놓은 낙엽에 불을 붙였는지, 불이 바람을 타고 옆으로 막 번지려고 하고 있었다.

　"불이야!"

　"불!"

　나는 큰소리로 사방을 향해 소리쳤다.

　마침 근처를 지나던 2중대 병사 4명이 있었다.

"어디야? 어디?"

그들은 사방을 휘둘러보면서 물었다.

그들은 급히 철모를 벗어 옆 개울가로 달려가 물을 담아 막 붙기 시작한 낙엽 더미에 열심히 물을 부었고, 나 역시 급히 윗옷을 벗어 진화하는 데 주력했다.

다행히 불은 옆으로 번지지 않고 바로 꺼져버렸다. 현장에 있던 우리는 가슴을 쓸어내리며 안도의 한숨을 내쉬었다.

2 중대원들이 바삐 자기 중대로 내려간 후, 나는 한숨을 돌리고는 주위를 가만히 살펴보았다. 현장에서 약 10미터 정도 떨어져 있는 후미진 곳에 수십 년 된 꽤 큰 느티나무가 있었는데, 그 뒤로 누군가 있는 것 같았다. 나는 살며시 발소리를 죽인 채, 그 느티나무 뒤로 다가갔다.

"어이쿠!"

나는 깜짝 놀랐다.

놀랍게도 그 느티나무 뒤에는 박 일병이 웅크리고 앉아있었는데, 박 일병은 성냥갑을 들고 또 다른 낙엽 더미에 불을 붙이려고 하고 있었다. 마침 햇빛이 그의 머리를 비추고 있었다.

"박 일병!"

내가 날카롭게 소리치자, 박 일병 역시 나를 보면서 소스라쳤다.

"여기서 뭐 하고 있어?"

나는 아까 불을 끄면서 놀란 가슴이 진정이 되지 않은 상태에서 박 일병에게 물었다.

"불이 빨갛게 활활 타오르는 모습을 보면 내 마음이 편해져서요."

박 일병은 무언가를 생각하는지, 잠깐 말을 멈추더니 다시 말을 꺼냈다. 그의 목소리에는 감정이 없었다.

나는 박 일병의 이 말에 온몸에 소름이 끼쳤다.

"박 일병! 너 이러다가 군 교도소에 갈 수 있어!"

나는 격앙된 어조로 박 일병을 한참 동안 나무란 후, 그의 등을 톡톡 두드려 주었다.

"로마 전체가 시뻘건 화염에 휩싸인 모습을 보면서 로마의 폭군 네로황제가 얼마나 많은 쾌감을 느꼈을까요?"

나는 박 일병의 말에 가슴이 철렁함과 동시에 등골이 오싹해졌다.

그는 내 앞에서 연신 손톱을 물어뜯으며 말하면서도, 산만한 눈길은 연신 연병장 저쪽으로 향했다. 하지만 그의 눈빛은 어둠 속에서 본 고양이 눈동자처럼 더욱 빛나는 듯했다.

'앞으로도 박 일병의 군 생활이 순탄치 않을 것 같다'는 왠지 불길한 예감이 뇌리의 꼭대기까지 퍼뜩 스치며 지나갔다.

햇빛은 빽빽하게 들어선 나무들 사이를 비집고 내리비치고 있었다.

—

22

박 일병 애인의 면회, 인사계와의 대화

어느 토요일 오후였다.

오늘은 아침부터 햇빛이 흐려지더니 이내 사라져버렸다. 황금빛 햇살 대신에 검은 먹구름이 몰려오더니 산돌림이 추적추적 내리기 시작했다. 내무반 창밖으로는 병사들이 비를 피해 이리저리 분주하게 연병장을 뛰어다니는 모습이 보였다.

"박 일병! 면회!"

본부 선임하사가 박 일병에게 "면회 왔다"고 알려주어, 내가 제일 먼저 박 일병에게 면회 소식을 전했다.

"이 상병님! 감사합니다."

박 일병은 처음으로 얼굴에 만면의 웃음을 띠면서 말했다.

그는 우비를 대충 걸치고는 급히 위병소로 뛰어나갔다. 그의 모습은 모처럼 행복하게 보였다.

내무반 창문을 열고 밖을 내다보니 어제부터 내린 겨울비가 아직도 그치지 않고 계속해서 연병장을 촉촉하게 적시고 있었다.

다음 날 오후가 되었다.

면회를 마치고 돌아온 박 일병 손에는 고시 공부와 관련한 법률 서적들이 양손에 가득했다. 박 일병이 입은 우비에서는 빗물이 밑으로 줄줄 흘러내리고 있었고, 책은 비를 맞아서 다소 얼룩이 졌다.

"박 일병! 사회에서 고시 공부하다 왔냐?"

나는 호기심이 발동해서 묻게 되었다.

"아니요. 제가 법대 다닌다고 애인한테 거짓말을 했는데, 제 애인이 곧이곧대로 내 말을 믿고 이렇게 고시 공부 열심히 하라고 책을 잔뜩 사주네요."

박 일병은 부담스러웠는지, 대답하면서 얼굴이 갑자기 어두워졌다.

"사실 한때는 고시 공부를 열심히 하려고 마음을 먹었었지요."

"계속 공부하지 그랬어?"

"하루 종일 깨알 같은 법조문을 들여다보면서 하는 공부는 나한테는 적성이 맞지 않아 중간에 포기했어요."

"이 세상에 쉬운 공부가 있을까?"

"하긴요."

"그때 고시 공부 할 적에 보던 책들이 있었을 텐데, 애인이 또 그 책들을 사줬어?"

"어느 날 학교도서관에서 공부하다가 점심 식사하고 제 자리로 돌아와서 보니까 가방 한가득 가져갔던 책 모두를 누가 훔쳐갔어요."

"저런!"

"책값이 꽤 나가서, 책을 사보지 못하고 있던 제 사정을 알고 친구들이 한 푼 두 푼 모아서 사준 책들이었는데요."

"음…."

"그 당시는 너무 당황스러웠는데, 이제는 세월이 약이라고 다 잊어버렸어요."

잠시 우리의 대화는 끊어졌으나, 박 일병은 화제를 바꿔 다시 대화를 이어 나갔다.

"저의 반반한 얼굴 때문에, 뭇 여성들이 나를 무척 좋아하는 것 같아요."

그는 히죽 웃으며 어깨를 으쓱했다. 그러고는 바로 묘한 표정을 지어 보였는데, 애인에 대해 자랑을 하고 싶은 모습이 역력했다.

박 일병의 말을 듣는 순간, 나는 전라남도 광주에서 면회를 왔다는 박 일병의 애인이 무척 궁금해졌다. 사실 박 일병은 곱상한 얼굴에 체형이 여자처럼 생겨 누구에게나 호감이 가는 타입이었다. 그래서 김 병장이 박 일병에게 눈독을 들였는지도 모르겠다.

그런데 그의 말에는 항상 두서가 없어서 듣는 사람 입장에서는 항상 혼란을 일으켰기에, 듣는 사람이 알아서 그의 말을 챙겨 들어야만 간신히 그 뜻을 제대로 이해할 수 있다는 점이 문제였다. 그러나 적어도 박 일병의 오늘 행동만큼은 다른 병사들처럼 전혀 어색하지 않게 보였다.

같은 날 취침 점호 시간 직전이었다.

나는 잠시 본부중대 행정반을 갈 일이 있었는데, 마침 중대 인사계가 나를 보자마자 잠시 내 얼굴을 살폈다. 그러고는 그는 쉰 듯한 나지막하게 깔린 목소리로 진지하게 말을 꺼냈다.

"오늘 보안대에서 나를 찾아와 박 일병에 대한 자료를 주고 갔어."

인사계 주임상사는 턱을 긁으며 잠시 말을 끊더니, 바로 말을 이어 나갔다.

"박 일병은 전라도 광주에서 한 대학교를 다녔었는데."

"학교 내에서 반정부 서클활동을 하다가 경찰에 체포된 직후, '학적변동자'로 분류되어 군대에 끌려 온 케이스라고 하네."

나는 중대 인사계의 말에 어안이 벙벙했다.

왜냐하면, 지금까지 박 일병이 나를 만나면서부터 나에게 얘기한 내용이 상당 부분 사실이 아니었기 때문이었다.

"그런데, 그때 경찰로부터 얼마나 심한 고문을 당했는지는 모르겠지만…."

"영 맛이 간 것 같아."

인사계 주임상사는 이렇게 이어서 말하고는, 윗주머니에서 담배 한 개비를 꺼내 입에 물고 라이터 불을 붙였다.

"그래서 박 일병이 처음에 전속되었던 옆 부대에서도 두 손 두 발 다 들어, 결국 박 일병을 우리 부대로 쫓아내다시피 전출시켜버렸다고 하네."

그는 허공을 잠시 응시하다가 담배 연기를 길게 내뿜었다.

"그런데 평소 박 일병이 횡설수설하는 것 같지 않아?"

인사계는 눈에 무엇이 들어갔는지 손으로 눈을 비비며 뜬금없이 나에게 물었다.

"좀 그런 면이 있기는 한데요…."

나는 일단 내 앞에 펼쳐진 어색한 분위기를 깨기 위해 어떤 말이라도 해야 했는데, 그러나 무슨 말을 해야 할지 갑자기 생각나지 않아 잠시 뜸을 들인 후 입을 열었다.

우리는 박 일병 얘기를 하는 동안 침울해지기 시작했다. 한편 인사계는 앞으로 벌어질 상황이 걱정되었는지, 그의 얼굴에는 서서히 검은 그늘이 드리워졌다.

행정반을 나온 나는 잠시 내무반 침상에 걸터앉았다. 박 일병에 대한 인사계의 설명을 다시 떠올리며 그의 말이 거짓이기를 내심 바랬다.

나는 박 일병의 최근 행태에 대해 이마를 짚으며 잠시 생각을 해보게 되었다. 나는 평소 박 일병이 이상행동을 계속하는 것 같아 그와 대화를 하면서도 항상 긴장의 끈을 놓지 않고 있었는데, 오늘 중대 인사계의 말을 들으니 이제야 박 일병의 행태에 대한 퍼즐의 마지막 조각이 맞춰지는 느낌이었다.

박 일병 문제가 심연의 늪으로 자꾸 깊숙이 빠져들면서, 밤하늘이 오늘따라 무겁게 나에게 덮치는 느낌이었다.

23

자살 사병 모습 담은 사진전시회

1979년 4월 초 어느 날이었다.

산 위에 쌓여있던 눈이 녹아 묵직하게 떨어지는 소리가 들리는 두메산골 특유의 봄날 새벽이었다. 계절은 4월인데도 도시에서는 전혀 느끼지 못하는 쌀쌀함이 부대 전체를 집어삼켰다. 우리는 동이 트고 있는 산골의 아침을 조용히 맞이하고 있었다. 아침의 쌀쌀한 공기는 입대 후 얻은 만성 기관지확장증을 앓고 있는 내 폐부를 예리한 칼로 도려내는 듯했다.

"전원 연병장에 집합!"

중대장의 우렁찬 호령과 함께 우리는 연병장으로 달려나가 대열을 갖췄다.

오늘은 사단사령부 홍보전시관에 전시된 '자살 사병의 모습을 담은 사진'을 단체로 관람하러 가는 날이었다.

"장병들에게 자살에 대한 경각심을 불러일으키기 위해 홍보 차원에서 특별히 기획한 것이니, 열심히 보고 오도록!"

전시관으로 향하기 전, 중대 인사계는 우리에게 당부했다.

"영화나 보여주지."

"그러게 말이야!"

"뜬금없이 웬 사진 관람?"

"까라면 까야지!"

모두 이구동성으로 말하면서 입들이 삐쭉 나왔다.

우리는 사령부로 가는 길에 마을 삼거리를 통과하고 있었다. 다닥다닥 붙어있는 다방 앞에는 오늘도 영락없이 다방 여종업원들이 나와 우리에게 손을 흔들며 아는 체를 했다. 소대원들 중 몇몇은 흥이 안 나는지 지난번과는 다르게 무뚝뚝하게 마지못해 손을 흔들었다.

그들을 지나쳐 약 30여분 정도 걸어서 도착한 사단사령부 홍보전시관에는 이미 다른 예하부대 장병들이 먼저 와서 긴 줄을 서서 전시된 사진들을 관람하고 있었다.

이미 사진관람을 마친 몇몇 병사들은 전시관 밖으로 나오면서 금방 토하기라도 하듯 손을 입에 대고 오만상을 찌푸린 얼굴들이었다.

"사진이 좀 거시기 한가? 다들 울상을 짓고 나오네….."

내 뒤에 줄을 서 있던 정 병장이 말을 꺼냈다.

"얼마나 역겹기에 저런 모습들이지?"

"그러게!"

다들 웅성거렸다.

드디어 우리 소대 차례가 되어 전시실 안으로 들어갔다.

'M16 소총으로 머리를 겨냥해 자살한 병사가 두개골이 으깨어진 처참한 상태에서 선지피를 흘리며 쓰러져있는 모습' 등을 담은 수십 여 장의 대형컬러사진들이 전시되어 있었다. 나는 이 사진들을 보자 마자 가슴이 두근거리며 토악질이 나서 한참 동안 심호흡을 해야만 했다.

나는 사진 밑에 조그맣게 붙어있는 사진의 안내문을 가만히 읽어 보았더니, 자살 병사들의 자살 이유가 간략히 다음과 같이 쓰여 있었다.

'평소 사고유발 가능성이 큰 고위험군 장병으로서, 자살계획을 세 우거나 자살시도를 한 적이 있는 경우, 심각한 성격장애나 정신장애 가 있어 치료가 필요한 경우'

문득 내 옆에서 사진을 유심히 보고 있는 박 일병을 바라봤다. 박 일병은 그 사진들 앞에서 다른 사병들보다 상당히 많은 시간을 할애 하고 있었다.

하늘을 쳐다보니 4월의 태양은 밝게 빛났고, 창밖으로 보이는 산 위에 쌓인 눈은 자꾸만 녹으며 곧 다가올 여름을 준비하고 있는 것 같았다.

24

—

박 일병의 자살소동

"비상! 비상!"

갑자기 비상발령이 발동하여 우리는 완전군장을 꾸려 언덕 위로 뛰어 올라갔다.

그곳에서 박 일병이 보초근무지에서 M16 소총 총구를 자기 턱 밑으로 겨누고 있었다.

"김 병장 나와!"

박 일병은 평소 내무반에서 자기를 성적으로 괴롭힌 "김 병장을 불러오라"고 소리를 질렀다.

평소 박 일병이 갖고 있던 사회에 대한 불만이 차곡차곡 쌓였다가 오늘 드디어 한꺼번에 폭발한 것 같았다. 나는 언젠가 부대 내에서 무슨 좋지 않은 일이 터질 것 같은 불길한 예감은 갖고 있었으나, 박 일병과 관련해서 일이 이렇게 빨리 터질 줄은 전혀 예상하지 못했다.

부대 내에서 '왕따'를 당하며, 구제 불능의 '고문관'으로 통하는 박 일병을 동병상련의 감정으로 마음에 넣어두었던 나는 이번 일로 인해 박 일병에 대한 일종의 배신감이 갑자기 마음속에서 싹텄다. 더 나아가 김 병장에 대한 혐오감 역시 마음에 앞서기 시작했다.

우리는 모두 초긴장하였다. 조금이라도 방심하는 경우에는 박 일병의 생명이 위태로울 수 있다는 생각이 퍼뜩 들었다.

"야! 박 일병! 정신 차려!"

중대장은 박 일병 가까이 접근하며 그를 설득하기 시작했다.

"다 쏴 죽여 버릴 테니 가까이 오지 마!"

살기등등한 박 일병은 총구를 다시 우리 쪽으로 겨누었다.

나는 눈앞이 캄캄했다.

며칠 사이에 몰라보게 수척해진 박 일병의 표정에는 피로, 분노, 불안 등이 서로 뒤엉켜 있었다. 이러다가 만에 하나 박 일병이 벌집처럼 총탄세례라도 받게 되는 날이면 모든 게 끝장이었다.

나는 최근에 '박 일병이 보여준 이상행동'들에 대해 곰곰이 되씹으며, 오늘 행동과의 연결고리를 찾으려고 몰두하고 있었다.

순간 얼굴에 핏기가 싹 사라진 중대장이 나에게 헐레벌떡 달려왔다.

"이 상병! 자네가 박 일병과 친한 것으로 알고 있는데, 박 일병을 잘 설득해 봐!"

중대장의 이 짧은 한마디에 나는 정신이 번쩍 들었다.

갑자기 '최소한 한 생명이라도 구해야 한다'는 사명감으로 내 생각이 적극적으로 바뀌었다.

나는 우선 박 일병과 대화를 시도하려고 M16 소총의 방아쇠 안전장치부터 잠갔다. 나는 소총을 땅에 가만히 내려놓은 후, 비무장 상태로 박 일병에게 서서히 접근했다. 내 가슴은 벌렁거리기 시작했고, 이마에는 식은땀이 송골송골 맺혔다.

"박 일병! 나, 이 상병이다. 우리 대화로 풀자!"

나는 숨이 탁하고 멎었다.

나는 이렇게 말하면서 박 일병의 상태가 진정되기를 내심 바랐다.

'혹시라도 박 일병이 실수로 나를 향해 방아쇠를 당겨 버리면?'이라는 불길한 예감이 내 뒤 목줄기를 타고 정수리까지 올라왔다.

"나를 아무도 없는 곳으로 데려가 줘!"

박 일병은 우리를 향해 외쳤다.

"사하라 사막의 모래같이, 흔적도 없이 바람과 함께 사라져 버리게!"

박 일병은 고개를 푹 숙인 상태에서 절규하듯 외쳤다.

박 일병은 이렇게 말하고 나서 총구를 우리에게 겨눈 채, 언덕 위

보초근무지로부터 인사과가 자리하고 있는 언덕중턱 막사로 뒷걸음 질 치며 점차 내려왔다. 우리의 눈은 그를 쫓고 있었다. 고무줄처럼 팽팽한 긴장감이 우리의 전신을 싸고돌았다.

뒷걸음질로 인사과 사무실로 들어간 박 일병은 우리에게 총구를 겨눈 채, 아직 철거하지 않은 석탄 난로를 등지고 침통한 표정으로 우리와 대치했다. 4월 초임에도 불구하고 이곳 강원도 두메산골은 아 침저녁으로 날씨가 쌀쌀하고 을씨년스러워서 그런지, 난로를 옆에 끼고 근무해야 했다.

마침 인사과 사무실에는 박 일병과 나 이렇게 두 명만이 초긴장 상 태에서 정면으로 마주 보고 있었다. 내 뒤로는 완전무장을 한 병사들 이 총구를 일제히 박 일병을 향해 겨누고 있었다.

그 순간이었다.

"박 일병!"

나는 소리를 치며 잠시 박 일병이 방심한 틈을 타 박 일병을 덮쳤 다.

박 일병은 뒤에 있는 석탄 난로와 함께 뒤로 넘어졌다.

그 순간을 기다렸다는 듯이 내 뒤에 있던 병사 몇 명이 박 일병에 게 달려들어 그의 소총을 빼앗아 무장해제를 시켰다. 이 과정에서 시 뻘겋게 달아오른 석탄 난로가 천장에 위태롭게 걸쳐있던 함석 연통 과 함께 우장창 하는 시끄러운 금속성을 내며 쓰러지면서 박 일병의 전신을 덮쳤다.

"아악!"

박 일병의 비명이 막사 전체에 공포영화에 나오는 장면처럼 번졌다.

"빨리 안으로 들어가! 빨리빨리!"

누군가가 날카롭게 소리쳤다.

뒤에 있던 병사들이 한꺼번에 인사과 사무실 안으로 엄습하는 바람에, 사무실은 글자 그대로 아수라장이 되어버렸다.

"소화기 어디 있어?"

"빨리 가져와!"

어수선한 가운데에서 누군가가 다시 소리를 질렀다.

다행히 몇몇 병사가 재빨리 소화기를 뿌리고 호스로 물을 뿌려서 불은 번지지 않았지만, 박 일병의 몰골은 화상으로 참담하기 그지없었다.

나 또한 상황이 종료되었다는 안도감에 긴장이 풀린 탓인지, 뒤죽박죽된 피로감 때문에 한동안 엎드린 상태로 가만히 있었다. 내 등 뒤로는 여러 부대원이 모여 웅성거리는 소리가 들렸으나, 뭐라고 말하는지 알아들을 수가 없었다. 정신을 차리고 가만히 주위를 살펴보니 폭풍이 한바탕 휩쓸고 지나간 듯 모든 것이 엉망진창이었다. 갑자기 엄청난 공허감이 물밀듯 가슴속으로 밀려 들어왔다.

곧이어 의무병 두 명이 사무실 안으로 뛰어 들어와 들것에 박 일병을 실었다. 들것에 실린 박 일병의 얼굴을 보니 화상을 입은 처참한 몰골에, 힘없이 눈을 감은 모습이었다.

"애 애 애 앵~"

밖에 대기하고 있던 구급차는 박 일병을 싣자마자, 사이렌 소리를 요란하게 울리며 춘천에 있는 ㅇㅇ군병원으로 급히 떠나갔다. 나는 구급차가 떠나간 후, 아수라장이 된 인사과 사무실내부를 절망적인 표정으로 한번 휘둘러보았다.

이렇게 박 일병의 자살소동은 막을 내렸으나, 내 마음은 모든 게 연기 속으로 사라진 것처럼 먹먹하기만 하였다.

오늘은 마음속 깊은 곳까지 하얀 바람이 많이 불었던 뾰족뾰족한 하루였다.

'박 일병 자살 사건'이 발생한 지, 일주일이 지났다.

부대의 전 병력이 연병장에 모두 모인 가운데, 나는 부대장으로부터 일주일간의 포상휴가와 함께 일 계급 특진이라는 명예를 동시에 누리게 되었다. 선임 기수들은 나를 축하해 주면서도, 한편으로는 상병계급을 단 지 얼마 되지 않은 내가 병장으로 진급한 것을 무척이나 고깝게 생각하는 것 같았다. 여하튼 적어도 오늘만큼은 다리미로 다린 바지처럼 잠시 마음속 주름을 시원하게 펴낸 하루였다.

가만히 생각해보니 박 일병이 옆 부대에서 우리 중대로 처음 전출되어왔을 때 그 이유를 몰랐었는데, 결국은 중대 인사계 말처럼 '옆 부대에서도 평소 박 일병의 이상행동에 대해 두 손 두 발 다 들어 어쩔 수 없이 그렇게 조치취한 것은 아닐까?'라는 생각이 문득 뇌리를 스치고 갔다.

시간이 지날수록 박 일병은 '단순한 이상행동을 넘어 정신분열 증세는 아닐까?'라는 우려와 안타까움이 자꾸 더해만 갔다. 분명한 것은 박 일병이 다른 사람들과는 다르게 지금까지 꽤 굴곡이 깊은 삶을 겪으며 살아왔다는 생각이 들었다.

복잡다단한 상념들이 내 머릿속에서 꼬리에 꼬리를 물고 영화필름처럼 하나둘씩 제멋대로 돌아가고 있었다. 결국은 오랜 고름 마냥 머릿속으로부터 확 곪아 터져 나오는 듯했다.

마음에 큰 구멍 하나가 뻥 하고 뚫렸다.

25

포상휴가, 군 병원 면회

나는 지난번 '박 일병 건'으로 일주일간의 포상휴가를 받아 특별휴
가증을 윗주머니에 소중하게 간직하고 춘천으로 향했다.

이 사건으로 나는 포상휴가를 받았지만, 반면에 박 일병은 화상을
입고 군 병원에 입원한 상황이었기에 내 마음은 무척 심란하기만 했
다. 더군다나 이 사건 이후 부대 분위기는 더더욱 뒤숭숭해져서 부대
원들이 "일이 손에 잡히지 않는다"고 볼멘 하소연을 하고 있던 참이
었다.

산등성이에 나 있는 울퉁불퉁한 비포장도로를 약 두어 시간 달려
춘천에 도착했다. 내가 서울로 가는 길에 춘천에 잠시 들른 이유는

이곳 ㅇㅇ군 병원에 입원해있는 박 일병이 내 눈에 밟혀 그를 면회하기 위해서였다.

오가는 사람들로 북적거리는 군 병원 로비를 통과하니 병원 특유의 냄새가 확 하고 코를 찔렀다. 연한 파란색 환자복을 입고 주렁주렁 줄이 매달린 링거주사를 팔뚝에 꽂은 채 복도를 오가는 환자들과 바삐 움직이는 군의관, 간호 장교들을 복도에서 마주치니 사회에 있는 일반병원 이미지와 서로 비교되면서 기분이 참 묘해졌다.

"화상을 입고 입원해있는 ㅇㅇ사단 ㅇㅇ부대 소속의 박 ㅇㅇ일병을 면회 왔습니다!"

나는 안내 데스크를 맡고 있는 직원에게 말했다.

"이곳에 면회자 이름, 소속 등을 기입하고, 잠시 기다려 주시기 바랍니다."

담당 직원은 무뚝뚝하게 나에게 말했다.

"여기 있습니다!"

나는 면회자 명부에 관련 내용을 기입한 후 그에게 내밀었다.

그는 면회자 명부를 살펴보더니, 어디론가 열심히 전화를 돌렸다.

"복도를 쭉 따라가서 오른쪽 모퉁이에 있는 병실로 들어가시면, 입구에 입원 병사들의 이름이 붙어있으니 참고하시면 됩니다."

나는 그의 안내에 따라 복도를 통과해서 박 일병이 입원하고 있는 병실을 쉽게 찾을 수 있었다.

큰 병실 내부에는 수십 개의 병상이 반듯하게 정렬되어 있었는데, 환자들의 상처 부위와 상처의 경중에 따라 구간을 나눈 것 같았다.

안내에 따라 구석진 병상에 누워있는 박 일병을 찾아갔다. 병상 위에 누워, 눈과 입만 빼고는 온 전신을 붕대로 칭칭 감고 있는 박 일병의 몰골을 보니 영락없이 미라 같이 음산하게 보였다. 더 나아가서 박 일병의 모습에서 일말의 공포감마저 밀려왔다.

"박 일병이 현재 심한 화상을 입어 중점적으로 치료 중이니, 이곳에 오래 머물지 마셨으면 합니다."

담당 간호장교는 나에게 이와같이 부탁을 했다.

"예, 잘 알겠습니다."

나는 짧게 대답했다.

박 일병 옆에는 보안대 아니면 헌병대에서 나온 것 같은 사복을 입은 짧은 머리의 군인이 박 일병을 보호하고 있었다.

내 눈이 박 일병의 눈과 마주치자 박 일병은 나를 알아보는지 눈을 몇 번 껌벅거렸다. 그는 서글픈 눈매로 나에게 미소를 띠는 것 같았다.

나는 '내무반에서의 김 병장과 박 일병의 섹스장면'이 갑자기 떠올랐다.

"그동안 너를 못살게 굴던 김 병장은 군사재판을 받고 현재 군 교도소에 수감 되어있어."

나는 박 일병에게 그동안의 상황을 간단하게 설명해주었다.

박 일병은 내 말을 알았다는 듯이 다시 눈을 껌벅거렸다. 그의 눈에는 눈물이 고였고 턱은 살짝 떨리는 것 같았다. 그러나 곧 그 분노의 감정은 점차 사라져 가는 모습이었다.

"전라도 광주에 사는 애인은 잘 있어?"

나는 박 일병이 김 병장과의 관계로 심한 마음의 상처를 받은 것 같아 서먹서먹한 분위기를 벗어나려고 화제를 돌렸다.

박 일병은 자기 애인에 대한 안부를 묻자, 살며시 웃는 것처럼 보였다. 어차피 박 일병은 화상 때문에 내 질문에 대답할 수 없는 상태였다.

마침 박 일병에 대한 회진시간이 다 되어, 나는 병실 밖으로 나올 수밖에 없었다. 병실 밖에서 회진시간이 끝나기를 기다리며, 병실 내부를 볼 수 있는 조그만 창문을 통해 박 일병의 모습을 지켜보았다.

"아악!"

갑자기 박 일병의 비명이 터져 나왔다.

군의관이 박 일병의 화상 치료를 위해 칭칭 감고 있던 붕대를 풀고 상처 부위에 화상연고를 바르자, 화상 부위가 극심하게 통증을 동반하는 듯 보였다.

약 30분간 박 일병에 대한 드레싱을 끝낸 의료진이 문밖으로 나오자, 밖에서 기다리고 있던 나는 간호 장교에게 뛰어갔다.

"박 일병의 상태는 어떤가요?"

나는 급히 물었다.

"박 일병은 다행히도 몸 전체가 심한 화상 단계까지는 가지 않아, 신체 중에 좀 심한 곳 몇 군데만 엉덩이 피부를 이식해서, 이제는 어느 정도 안정단계에 접어들었습니다."

무표정한 간호장교는 이렇게 말하고는 성큼성큼 복도 저편으로 사라졌다.

그녀가 내뱉는 감정의 기복이 없는 말이 거슬렀지만, 박 일병의 건강상태에 대한 그녀의 설명에 나는 비로소 안도의 한숨을 내쉴 수 있었다.

나는 박 일병과 할 말이 무척 많았으나 박 일병이 현재 말을 할 수 있는 상황이 아니었기에, 그저 마음속으로 대화를 할 수밖에 없었다.

나는 병실 창문을 통해 박 일병의 모습을 재차 확인했다. 박 일병의 눈시울은 촉촉하게 젖어있었다. 박 일병은 무엇을 말하려는 듯 입을 금붕어처럼 뻐끔거렸다. 그 눈빛에는 헤어짐에 대한 아쉬움이 듬뿍 묻어있었으나, 나는 그와 눈이 직접 마주치지 않으려고 애써 밖으로 눈을 돌렸다.

나는 박 일병이 있는 병실 쪽을 한번 힐끗 돌아다본 후, 군 병원 정문을 나섰다. 나는 춘천 역에서 서울로 가는 기차 시간을 놓치지 않기 위해 차마 떨어지지 않는 발길을 억지로 떼어야만 했다.

내 마음은 이내 뒤죽박죽되어버렸으나, 살포시 가슴에 파고드는 어머니에 대한 그리움이 서울을 향하는 내 발걸음을 더욱 재촉했다.

Chapter 06

10.26과 비상경계

26

—

10.26과 비상경계

1979년 10월 26일 밤이었다.

"비상! 비상!"

소대원들 모두는 '오늘은 또 무슨 일 때문에 비상이 걸렸나?' 투덜 거리면서, 완전군장을 꾸려 연병장에 쏜살같이 달려나갔다. 언덕 위 부대장실 바로 옆에는, '3중 철조망이 겹겹이 처져있고 두 명의 보초 가 24시간 철통 보안을 서고 있는 암호실'이 자리하고 있었는데, 오 늘따라 '암호병'이 결재서류를 들고 분주하게 부대장실을 몇 번이나 들락거리는 모습이 멀리서 목격되었다.

조금 있으니, 부대장이 철모를 쓰고 전투 군장 차림으로 연병장 단상에 올랐다. 그는 연병장에 집결해서 부동자세로 정렬한 병사들을 찬찬히 둘러보았다. 여느 때와는 다른 부대장의 비장한 모습에 우리는 초긴장 상태로 그의 일거수일투족을 하나도 놓치지 않고 있었다.

"지금 국가가 매우 위중한 상황이니, 조금도 군인의 본연의 자세를 흐트러뜨리지 말도록!"

오늘 부대장의 훈시는 지금까지 보아왔던 어떤 다른 훈시보다도 유난히 강하고 짧았다.

부대장이 무겁고 침통한 표정으로 단상을 내려왔다.

"무슨 일이래?"

"너 아냐?"

"나도 몰라."

"갑갑하네."

모두 구시렁거리며, 경계근무를 위해 중대장이 지시한 각자의 위치로 달려갔다.

나는 먹지 같은 짙은 어둠을 헤치고, 어릴 적 젖 먹을 힘을 다해 M60 기관총을 어깨 위로 추슬러 올렸다. 나는 기관총의 무게에 짓눌려 허리를 구부정하게 구부리고, 땀을 뻘뻘 흘리면서, 부대를 내려다보는 제법 가파른 산등성이에 있는 참호까지 간신히 기어 올라갔다. 오르막길은 생각보다 더욱 가파르고 힘들어, 숨이 목까지 차올라 무척 가빠졌다. 땀은 이마에서 비가 오듯 흘러 떨어져 군복 상의를 적셨으며, 다리가 휘청거릴 지경에 이르렀다.

나는 참호에 오르자마자, 방벽 곳곳의 무너져있는 진흙 무더기부터 치웠다. 어느 정도 내부를 정리한 후, 정말로 오랜만에 기관총을 설치했다. 굴비 세트처럼 줄줄이 엮인 탄창을 기관총에 장전하니, 이전과 같이 묵직한 쇳덩이에서 얼음장같이 차가운 촉감이 느껴졌다. 나는 손을 따뜻하게 하려고 두 손바닥을 이리저리 비볐다. 온갖 잡념들이 엉킨 실타래처럼 마음속에서 서로 교차했다. 기관총의 안전장치를 풀고 나니까 방아쇠에 살짝 걸고 있는 오른손 검지가 파르르 떨렸다.

'만일 이 혼란한 시기에 북한군이 쳐들어오면, 이 기관총으로 얼마나 많은 사람이 죽어 나가야 하나?'

'각자 자기 삶을 위해 서로 살인을 해야만 하나?'

'과연 나에게 남의 생명을 빼앗을 권리가 있을까?'

인간으로서 휴머니즘에 입각한 원초적인 질문들이 내 마음속 깊은 곳으로부터 꼬리에 꼬리를 물고 용솟음치듯 생겨났다. 동시에 그동안 부대 내에서 고통스럽고 힘겨웠던 순간들이 주마등처럼 휙휙 스쳐 지나가면서, 동시에 불안함과 두려움이 내 주위를 빙빙 맴돌기 시작했다.

주변을 바라보니, 온통 깎아지른 듯한 야산 골짜기 그리고 폐허같이 쓰러져갈 것만 같은 인가 두어 채만이 어둠 속에서 제 자리를 지키고 있었다. 인가에서는 스산한 바람이 불 때마다 문짝이 삐걱거리며 공포영화처럼 기이한 소리를 냈다.

'병장 계급장을 달고 이 무슨 개고생이람?'

'그건 그렇고, 서울에 계신 어머니는 무사하신가?'

다람쥐 쳇바퀴 돌 듯 매일매일 이렇게 허덕이다 보니, 평상시에는 거의 떠오르지 않던 어머니 얼굴이 갑자기 떠오르면서 나는 한숨부터 나왔다. 어머니를 생각할 때마다 목구멍에 무슨 돌덩어리 같은 것이 꽉 막힌 것처럼 느껴졌다. 곧이어 목구멍이 따끔거리며 목소리가 답답해지는 것을 느꼈다.

'기도하면 이 상태가 좀 나아지려나?'

앞으로 다가올 모종의 사태에 가슴이 답답해지기 시작하면서, 일종의 공포심마저 느껴졌다. 먹물 같은 어둠이 서서히 전신을 짓누르기 시작했다. 그동안 내면 깊숙이 꾹꾹 눌러왔던 외로움이 밀물처럼 밀려 들어왔다. 나는 이전과는 다른 철저한 고독이라는 울타리 속에 다시 갇혀, 마치 사막 한가운데에 먹먹하게 혼자 존재하는 것 같았다. 나는 옆에서 경계근무를 서고 있는 다른 소대원들이 눈치채지 못하게 뒤돌아서서 조용히 눈물 한줄기를 그렸다. 오늘따라 눈물이 매우 짙고 푸르렀다.

을씨년스러운 늦가을이었지만, 산을 타고 매섭게 내려오는 바람 때문에 체감온도는 한겨울이었다. 시간을 갉아대는 듯한 이 밤, 구름 위에 무심하게 덩그러니 걸쳐있는 조각달만이 아스라이 산과 하늘을 비추고 있었다. 시간이 조금 흐르자, 무수히 떠있는 별들은 사회에서 본 것과는 사뭇 다른 형태로 밤하늘을 찬란하게 수놓았다.

긴장된 마음의 갈등으로 인해서 그런지 오히려 정신은 말짱해졌다. 오늘만큼은 항상 마음을 졸이는, 초긴장 속에서 애오라지 하루하루를 넘기던 그 날이 아니기를 마음 깊이 바랬다.

27

—

박정희 대통령 서거 소식

다음날 새벽이었다.

나는 참호에서의 장시간 보초근무 교대를 마치고 하산하는데, 나뭇잎들이 내 뺨을 스치면서 눈앞에서 마구 흔들리고 있었다.

나는 내무반으로 들어섰다. 내무반 천장에 매달려 하얗게 떨고 있는 싸구려 전구에서 발산되는 불빛은 지지직거리는 구형 흑백TV, 삐걱거리는 나무침상, 퀴퀴한 냄새를 풍기는 낡은 관물대, 한쪽 벽 구석에 엉기성기 붙어있는 거미줄들을 흐릿하게 비추고 있었다.

그런데 내무반의 분위기는 무슨 일이 있는지 납덩어리처럼 무겁게 가라앉아 있었다. 내무반에 잔류하고 있는 소대원들은 비상대기 상태에서 내무반 선반에 간당간당 붙어있는 조그만 라디오에 귀를 쫑긋하며 집중해서 듣고 있었다.

"무슨 일 났어?"

나는 내무반을 들어서자마자 맞닥뜨린 심 일병에게 물었다.

"저 라디오 음악 좀 들어보세요!"

심 일병은 귀를 라디오에 고정한 채 대답을 했다.

"자리 좀 비켜봐!"

나 역시 라디오 앞에 모여 있는 몇몇 소대원들 쪽으로 다가가 함께한 후, 음악 소리에 귀를 기울였다.

"음악이 왜 이렇게 슬프지?"

누군가 물었다.

"글쎄?…"

나는 의문을 가지고 대답했다.

계속해서 지지직거리는 잡음과 함께 라디오에서 흘러나오는 어렴풋한 음악을 가만히 들어보니, 틀림없는 '레퀴엠(죽은 이를 위한 미사에 연주되는 무겁고 침울한 예식 음악)'이었다.

필시 나라에 엄청난 변고가 있는 것이 분명했다. 그러니까 5년 전 육 영수 여사 서거 시에 방송에서 온종일 틀어주던 바로 그 음악임을 내가 기억해냈기 때문이었다.

초비상 상태로 하루가 또 지났다.

내무반 선임하사는 소대원 중에 입대 전에 '전파사'에서 기술자로 일했던 정 상병을 불러 고장이 난 TV를 급히 고치게 했다. 그로부터 약 한 시간 후, 정 상병이 TV를 고치자마자 우리는 TV를 급히 틀었다.

'박정희 대통령 서거…'

나는 TV가 내보내는 화면을 보는 순간, 흠칫 놀라며 숨이 갑자기 멈춰 섰다.

TV에서는 '레퀴엠' 음악과 함께, 희미한 화면 밑으로 '박정희 대통령 서거'라는 자막이 계속해서 지나가고 있는 것을 나 역시 직접 눈으로 목격하였다. 우리 소대원 모두는 자석처럼 TV 화면에서 눈을 뗄 수가 없었다.

분명한 것은 '박정희 대통령 서거'라는 엄중한 사실이었다.

"야! 이제 우리는 어떻게 되는 거야?"

모두 이구동성으로 말했다.

"그러게 말이야! 이러다 제날짜에 제대 못 하는 거 아냐?"

말년인 고 병장이 얼굴이 굳어진 채로 말했다.

"설마 그럴 리가?"

다른 말년병장들이 한 마디씩 거들었다.

"1968년, 청와대 뒷산까지 침투했던 '김신조 무장공비 사건' 때 제대가 모두 늦어졌다고 하던데?"

구석에 누워있던 다른 말년병장이 이 생각이 문득 머리에 떠올랐는지 머리를 쳐들며 말을 꺼냈다.

"정말?"

다른 말년병장들의 눈이 휘둥그레졌다.

"아냐! 아냐!"

말년병장들은 이렇게 말하면서, 이 사실을 믿고 싶지 않은지 고개를 좌우로 설레설레 저었다.

나는 열흘 전, 각 부대에서 휴가 중인 군인들을 긴급하게 원대복귀시키는 바람에, 고향이 부산인 김 상병 또한 휴가가 많이 남았음에도 불구하고 긴급지시에 따라 부대로 복귀한 사실을 떠올렸다.

"당시 부산, 마산에서 학생들이 주축이 되어 유신철폐, 독재 타도를 외친 대규모 반정부시위('부마항쟁')가 발생하여, 이를 진압하기 위해 부산과 마산에 각각 계엄령과 위수령이 발동되었고, 경찰력이 무너지자 정부는 공수부대를 투입하여 무력으로 강제 진압하는 상황이 발생했어."

급히 부대로 복귀한 김 상병은 당시 상황에 몸서리치면서 이렇게 나에게 얘기했었다.

"부산지역에 계엄령이 선포되어 밤12시부터 새벽 4시까지였던 '통행금지시간'이 밤 10시부터 새벽 4시까지로 2시간 연장되었으니 이 점 착오 없으시기 바랍니다."

김 상병은 부대로 복귀하기 전에, 부산지역 라디오방송을 통해 흘러나오는 부산지구계엄사령부의 '통금시간 연장에 대한 발표'를 분명하게 들었다고 했다.

우리는 그동안 군부대의 통제로 인해 바깥세상이 어떻게 돌아가는지 제대로 알 길이 없어, 따라서 부대 내에는 각종 유언비어가 난무하였다.

그러나 마을 사람을 통해 나중에 안 사실은, '1979년 10월 26일, 중앙정보부장 김재규가 박정희 대통령을 회식 자리에서 권총으로 살해한 시해 사건'이 발생하였고, 이어서 '1979년 12월 12일, 신군부 세력이 군사쿠데타를 일으켰다'는 것이었다.

1979년 12월 21일 오전 11시….

내무반의 흑백 TV에서는 장충체육관에서 거행된 '제10대 최규하 대통령 취임식'이 생중계되고 있었다.

"어? 전두환 장군이 대통령이 되는 거 아닌가?"

TV를 시청하던 소대원 중 누군가 말했다.

"그러게!"

누군가 한숨을 내쉬면서 대답했다.

"뭘 속 시원히 알아야 면장을 하지!"

다른 소대원으로부터 푸념이 쏟아졌다.

나는 소대원들을 쭉 휘둘러봤다. TV 생중계를 보고 있던 몇몇 소대원들의 표정이 일순간에 일그러졌다. 아마도 곧 다가올 영화의 예고편 같은 혼돈의 폭풍을 미리 예감이라도 하는 표정들이 역력했다.

무엇인가 찜찜한 느낌이 뇌리에서 가시지 않는 것은 부인할 수 없었다. 나는 이 뾰족뾰족한 느낌을 무디게 만들어줄 그 무엇이 절실히 필요했다. 한편 나는 믿기지 않는 최근 상황들을 오롯이 영화의 한 장면으로 치부하고, 그냥 마음에 접어두고 싶었다.

현재 나는 창백한 내 인생의 노트에 스스로 어떤 구절을 적어 내려가고 있는지 무척 궁금했다.

28

어머니의 마지막 면회, 어릴 적 추억

"이 병장! 어머니가 면회 오셨어."

"그런데 지금 전군이 초비상 상태라 면회가 안 되는데 어쩌지?"

전투 군장 차림의 본부중대 선임하사가 나에게 다가오더니 귓속말로 조용히 전해주면서 아주 미안한 표정을 지었다.

'최근 상황이 너무 급박히 돌아가니까, 어머니가 나를 걱정해서 힘들게 깊은 산속 오지를 찾아오셨나 보다'라는 생각에 미치자 나는 가슴이 북받쳐 올랐다.

"지금 마을 ○○여관에 묵고 계신다고 하네."

중대 선임하사가 말을 덧붙였다.

나는 일단 부대 내 통신대로 달려가서, 통신대의 장 병장에게 상황 설명을 하였다. 나는 그의 도움으로 일단 마을 ㅇㅇ여관에 전화를 걸어 어머니와 직접 통화를 할 수 있었다.

"어머니!"

나는 이렇게 부르고는, 다음 말을 잇지 못했다.

"내가 이런 상황인지도 모르고, 괜히 이곳에 왔나 보다."

어머니의 음성이 전화기로 나직이 흘러나왔다.

"아니에요. 조금만 기다려 보세요. 면회가 될 수 있도록 노력해볼게요!"

나는 일단 전화를 끊고, 본부중대장 등 몇 명을 찾아가 현재 처해 있는 상황설명을 하면서 면회를 요청했다.

"다른 때 같으면 어떻게 해보겠는데, 지금은 전대미문의 위중한 상황이라 어쩔 수 없네!"

나에게 돌아온 대답들은 다 한결같았다.

"어머니! 죄송해서 어쩌죠?"

나는 어쩔 수 없이, 다시 ㅇㅇ여관에 계신 어머니와 통화로 양해를 구했다.

"아니다. 미안하다. 내가 잘못했다."

어머니의 말끝이 결국 흐려지고 말았다.

"나는 시국이 하도 어수선해서 네 걱정에 부랴부랴 이곳까지 왔는데…."

어머니는 감정에 북받치는지 차마 말을 끝까지 잇지 못하셨다.

"형은 잘 있어요?"

나는 이곳에서 제대한 형의 안부를 물었다.

"응. 요새는 마음잡고 택시 운전을 하고 있어."

어머니의 목소리는 많이 떨렸다.

어머니는 평소 차를 잘 타지 못해 차멀미가 심하셨는데, 서울 마장동 시외버스터미널에서 춘천을 거쳐 다시 북쪽으로 2시간 반 정도 올라오려면 얼마나 힘들게 오셨으리라는 것을 나는 충분히 짐작하고도 남았다.

어머니가 통화 중에 '오면서 버스에서 들은 얘기'라며 나에게 말씀하셨다.

"지난 5월 8일 '어머니 날'에 이곳으로 아들 면회를 온 어떤 엄마가 있었는데, 버스가 화악산을 넘는 순간 아직도 북쪽 봉우리 쪽으로는 눈이 녹지 않은 모습을 보며, 이렇게 산과 하늘밖에 보이지 않는 오지에 자기 아들이 근무하고 있다고 말하면서, 그 엄마가 남의 눈을 의식하지 않고 버스 안에서 펑펑 울었데!"

어머니는 결국 이곳 강원도 두메산골까지 나를 만나기 위해 면회를 오셨지만, 결국 나를 만나지 못한 채 그냥 서울로 되돌아가실 수밖에 없었다. 나는 마음이 천근만근 무거웠다.

아들 면회를 왔다가 비상근무 때문에 만나지도 못하고 되돌아가시는 어머니의 쓸쓸한 뒷모습을 연상하니, 불현듯 가슴 속에서 뭔가 뜨거운 덩어리가 물줄기가 되어 폐부 속에서부터 왈칵 용솟음치며 목울대가 뜨겁게 느껴졌다.

그러나 나는 그것을 입안으로 삼킬 수밖에 없었다. 불현듯 목이 메기 시작했다.

마음속에서는 어머니와의 어릴 적 추억들이 서로 두서없이 교차하고 있었다.

당시 초등학교 5학년 때 학년 전체가 전차 여러 대를 전세를 내어 단체로 창경원으로 소풍을 갔는데, 이 모습이 얼마나 장관이었는지 지나가던 승용차, 버스에서 승객들이 모두 손을 흔들면서 우리의 소풍을 축하해주었다. 모두 들뜬 마음으로 마포종점에서 전차를 타고 창경원까지 삶은 계란을 까먹고, 사이다로 목을 축이며, 친구들과 떠들며 가다 보니 어느덧 창경원에 다다랐다.

그런데 수많은 인파 속에서 엄마가 잠시 다른 학부형들과 얘기를 하다가 나를 잃어버려, 결국 우리는 서로 그렇게 헤어졌다.

몇 시간이 흘렀을까…?

창경원을 가득 메웠던 우리 초등학교 학생들뿐만 아니라 다른 관람객들은 모두 집으로 돌아갔고, 덩그러니 어둠만이 그 자리를 대신

차지하고 있었다. 나는 어둠이 몰려오자 엄청난 공포심을 느꼈다. 한동안 어떻게 해야 할지 몰라 자리에 그냥 털썩 주저앉아 버렸다. 배고픔도 한꺼번에 찾아왔다.

나는 마침 지나가는 전차에 행선지가 '마포'라는 안내판이 붙어있는 것을 확인한 후, 그 방향으로 무작정 걸었다. 종로, 서대문을 거쳐 마포경찰서 근처에 도착하니 친구들과 함께 뛰놀았던 익숙한 장소들이 속속 내 눈에 들어왔다. 나는 비로소 안도의 한숨을 길게 내쉬었다.

몇 시간에 걸쳐 깜깜한 밤을 헤치며 용케 집까지 물어물어 찾아온 나는 동네 사람들이 웅성웅성하며 우리 집 근처에 모여 있는 것을 발견했다. 집안은 온통 초상집 분위기였다. 간간이 아빠의 고함 소리가 들렸다. 아마도 소풍을 가서 나를 잃어버린 엄마에게 아빠가 화풀이를 단단히 하시는 것 같았다.

"엄마!"

나는 엄마를 외쳐 부르며 사람들 사이를 헤치고 집에 들어섰더니, 엄마는 번개처럼 버선발로 밖으로 뛰쳐 나오셨다. 엄마는 나를 한동안 품에 안고 하염없이 우셨다. 나 또한 엄마를 따라 엉엉하고 울었다.

Chapter 07

5.18 광주와 전두환 장군 집권

29

—

5.18 광주소식, 내무반 소대원들의 갈등

1980년 5월 18일….

아침부터 내무반 창문을 비집고 침상 위에 길게 뻗친 오월의 눈부
시게 밝은 햇살은 온종일 이곳 부대 영내에 내리퍼부었다. 하늘은 푸
르고 맑았다.

나는 결이 달라진 햇살을 지긋이 바라봤다. 햇볕이 온 세상을 강
렬하게 감싸며 내 생각 역시 정신없이 이리저리 흩어져 산만했다. 이
황금빛 태양 속으로 진공청소기처럼 아무 생각 없이 빨려 들어가면
진정한 자아를 발견할 수 있을 것 같았다. 오늘따라 모든 것이 고요
한 바다처럼 너무 평온하고 한가하게 느껴졌다.

이날 점호시간이었다.

내무반의 흑백 TV에서는 평소 KBS방송의 한 채널 밖에 잡히지 않았는데, 오늘따라 "계엄군이 폭도들이 던지는 돌에 맞아 피를 흘리는 장면"이라는 아나운서들의 앵무새처럼 똑같은 코멘트와 함께 '피를 흘리는 계엄군의 모습'을 반복해서 보여주었다.

이어 다음과 같은 속보가 계속해서 방영되었다.

"5월 18일, 전라도 광주를 중심으로 뭉게구름 같은 폭도 및 불순분자들이 대규모로 운집하여 소요사태를 일으켰습니다. 현재 들어온 소식에 의하면, 폭도 및 불순분자들은 시내 무기고를 습격하여 상당량의 총기, 폭탄, 트럭, 장갑차량 등을 탈취하였습니다. 대한민국의 민주체제를 전복시키기 위해, 폭도 및 불순분자들은 광주시민들에게 유언비어를 전파하고 있습니다. 폭도 및 불순분자들의 소요사태에 정치적 혼란이 걷잡을 수 없이 확대되고 있으며, 또한 대한민국의 민주체제를 향해 직접적인 위협요소가 되고 있습니다…."

"야! TV 볼륨 좀 끝까지 올려봐!"

내무반 끝에서 TV를 보던 한 병장이 TV 소리가 잘 들리지 않는지 소리를 질렀다.

"저 폭도들하고 빨갱이 새끼들을 다 총으로 쏴 죽여야 되는데."

옆에서 TV를 시청하고 있던 정 병장이 말을 내뱉었다.

"맞아! 나한테 소총 한 자루를 주면 당장 광주로 내려가서 폭도들을 향해 드르륵 드르륵…."

앞 침상에 있던 김 상병이 정 병장의 말에 맞장구를 치면서, 관물대에 있는 M16 소총을 잡고 쏘는 시늉을 했다.

"나도 총을 주면 당장 광주로 내려갈 텐데."

한 소대원 역시 이에 동의하듯이 말했다.

"저 폭도 새끼들은 모두 총살시켜 버려야 해!"

또 다른 소대원이 목소리를 높여 말했다.

그 순간 전라도 광주가 고향이라는 길 상병이 갑자기 고함을 내질렀다.

"모두 제정신이야?"

그는 잠시 뜸을 들인 후 말을 이어 나갔다.

"내 고향이 광주라고 해서 그러는 것은 아니고, 지금 TV에서 나오는 개소리를 그대로 믿는가?"

이 상병은 특유의 전라도 사투리로 빠르고 격렬하게 말하면서, 두 주먹을 불끈 쥔 채 부르르 떨었다.

"왜 TV뉴스에서는 온종일 되지도 않는 소릴 지껄이고 있냐고!"

그는 마음 속 한구석으로부터 용솟음치는 화를 다스리지 못한 모습이었다.

"입 닥쳐! 너는 왜 나서는 거야? 누가 전라도 아니랄까봐!"

몇몇 경상도 출신 소대원들이 길 상병에게 시선을 돌리며 대꾸했다.

"전라도 새끼들은 이 지구상에서 전부 없어져 버려야 해!"

그들은 '전라도' 운운하며 침상을 박차고 벌떡 일어서면서, 길 상병에게 끈질기게 욕설을 퍼부어댔다.

갑자기 내무반 소대원들이 전라도와 경상도 출신으로 갈라지면서 얼굴들이 잔뜩 상기된 채 분위기가 험악해졌다. 서로 쏘아보는 분위기가 급기야 당장이라도 패싸움이 벌어질 것 같은 일촉즉발의 위기로까지 내몰렸다.

얼음장보다 차가운 냉랭한 눈빛들이 중간 교차점에서 서로 부딪히며 기이한 파열음을 내는 것 같았다. 서로들 그동안 쌓여있던 감정들까지 한꺼번에 폭발하는 듯했다.

"자! 자! 진정들 해! 왜들이래?"

나는 그들 사이를 두 팔을 쭉 뻗으며 막아섰다.

"나는 믿는 것도, 믿지 않는 것도 모두 산더미같이 크고 많아!"

나는 이렇게 외치면서도 무언지 모르는 공포의 절규가 발밑으로부터 머리끝까지 물밀 듯이 몰려오는 것을 느꼈다.

"일단 앉아서 얘기하자!"

나는 벌처럼 톡 쏘아붙이듯, 비록 짧지만 강한 어조로 말했다.

나는 이렇게 겨우 그들을 뜯어 말린 후, 그들을 달래어 침상에 다시 앉혔다.

한동안 옥신각신하며 험악했던 대치상태는 다행히도 극적으로 풀어졌다.

"누가 속 시원하게 TV에 나오는 상황을 나에게 자세히 설명 좀 해 봐!"

나는 소대원들에게 시선을 떼지 않은 채 정말로 궁금해서 단도직입적으로 물었다.

"……"

내무반에 잠시 침묵이 흘렀다.

내 질문에 그 누구도 속 시원하게 설명을 하지 못했다.

이 모든 사태는 최근 전군에 '휴가 금지'가 내려진 상태라 바깥세상에서 일어나고 있는 상황을 제대로 파악하기가 힘들었기 때문에 벌어진 해프닝이었다. 그래서 그런지 우리 소대원들은 마을사람들로부터 주워들은 '카더라 방송'과 각종 유언비어에 휘둘렸다.

오로지 '현재의 사태파악에 대해 통 갈피를 잡을 수 없다'는 사실만이 분명하게 존재했다.

"야! 지금 이곳 DMZ을 지키고 있는 군 병력이 전부 전라도 광주로 '폭도 진압작전'을 하러 내려가는 바람에, 경계 병력이 한 명도 없다고 하더라!"

흥분이 어느 정도 가라앉을 무렵, 소대원 중 한 명이 '카더라 방송'을 인용하며 바로 조금 전의 서먹서먹한 분위기를 깨며 말했다.

"그러면 북한 괴뢰군들이 그냥 저벅저벅 걸어 내려와도 막을 수 없겠네?"

또 다른 소대원이 이 말에 맞장구를 쳤다.

이어서 여기저기서 말들이 봇물처럼 터져 나왔다.

"그럼 우리는 어디로 재배치되는 거야?"

"DMZ? 아니면, 전라도 광주?"

"가긴 어딜 가?"

"우리는 이 전방을 지켜야지."

"폭도들이 모두 빨갱이라면서?"

"설마?"

"TV 봐봐! 내 말이 맞는다니까!"

"폭도들 때문에 우리나라가 공산국가가 되는 거야?"

"TV뉴스에서 엉터리 헛소리를 지껄였을 거야."

"어디서부터 어디까지가 진짜야?"

"그러게, 통 믿을 수 있어야지."

"나도 그게 궁금해."

"야! 모르면 그냥 잠자코 있어!"

"너는 몬데 네가 왜 나서고 난리야?"

"개소리들 다 집어치워!"

"……"

소대원들로부터 TV 보도내용에 대해 이러쿵저러쿵 걸러지지 않은 숱한 말들이 거칠게 튀어나오다가, 결국 다시 편이 둘로 나뉘어 눈에 쌍심지를 켜고 험상궂게 싸울 기세였다. 그러다가 갑자기 들떠있던 내 무반이 거짓말처럼 가라앉았다. 왜냐하면 그 불똥이 결국 어떤 형태로든 우리 발등으로 곧 떨어질 게 분명했기 때문이었다. 모두 입을 굳게 다물었지만, 우리들의 뇌리에서는 절벽 앞에서 마주하는 막막함과 함께, 온갖 생각들이 서로 소리를 내며 정신없이 교차하고 있었다.

"만약에 북한군이 당장 쳐들어오면 우리는 어떻게 해야 돼?"

한 소대원이 물었다.

"만약에 우리가 전라도 광주에 계엄군으로 차출이라도 된다면?"

또 다른 소대원으로부터 아까 했던 질문과 비슷한 질문이 다시 터져 나왔다.

소대원들 모두 이곳저곳에서 터져 나오는 말에 쫑긋하고 귀를 기울이고 있었다.

'부모세대들이 6.25때 겪었던 동족상잔의 비극이 이번에 다시 재연되는 것은 아닌가?' 이러한 의구심들이 자꾸만 눈덩이처럼 커져가면서 나 역시 목덜미가 뻣뻣해왔다. 더 나아가 이러한 상황을 가정해서 몇 번이고 머릿속으로 경우의 수를 계산하다 보니, 머리끝 또한 쭈뼛해지면서 몸서리가 쳐졌다.

한 치 앞도 내다볼 수 없는 공포감이 소대원들 모두에게 전염된 모습이 역력했다.

30

—

전두환 장군 집권 소식

최근 내무반 흑백 TV 화면에서는 부쩍 '전두환 보안사령관'의 얼굴이 많이 등장했다.

작년 10월 26일에 벌어진 '박정희 대통령 시해사건', '12.12 사태' 그리고 올해 '5.18 광주' 등 내가 태어난 이래 역사적으로 제일 굵직한 사건들이 하필이면 내 군복무 중에 꼬리에 꼬리를 물고 발생하는지 하늘이 그저 원망스러웠다.

그러는 사이에 나는 어느덧 30개월째 군 복무를 하는, 내무반의 최고 고참이 되어있었다.

"이러다가 제대를 제 때에 할 수 있는지 모르겠네?"

옆에 있던 군 동기인 부산 출신의 맹 병장이 입을 열었다.

"그러게 말이야!"

나는 길게 한숨을 쉬면서 대답했다.

그러나 현재 펼쳐지고 있는 상황들이 녹록하지 않아, 나 역시 지난 번 말년병장들처럼 '제대를 제 때에 할 수 있을지?'라는 걱정을 은근히 하게 되었다.

"작년 10월 26일에 발생한 '박정희 대통령 시해 사건' 당시, 제대를 앞두고 있던 병사들의 제대날짜가 며칠에서 몇 개월씩 늦어졌데!"

잠시 후 맹 병장이 다시 말을 꺼냈다.

"설마?"

나는 짧게 물었다.

당시 이런 얘기들이 공공연히 돌고 있던 터라, 나는 하루하루가 가시방석에 앉은 느낌이었다.

나는 윗주머니에서 수첩을 꺼내어 펼쳤다. 수첩에는 1977년 12월 입대 당시부터 지금 이 순간까지 하루하루 날짜를 X표로 지워나간 흔적으로 빼곡했다.

"군 생활이 아주 지겨웠나 보네? 하루하루를 매일 지워나간 것을 보니."

내가 꺼내어 펼쳐 든 수첩을 옆에서 힐끔 보던 맹 병장이 물었다.

"하하하!"

나는 고개를 끄덕이며 건성으로 웃고 말았다.

2주 전에 제대를 할 것으로 굳게 믿었던 우리 중대 옆 1중대의 장 병장은 시름시름 앓더니 "급성 맹장 수술을 받아야 한다"는 군의관의 진단결과에 따라, 춘천에 있는 ㅇㅇ 군 병원으로 오늘 아침에 급히 후송되었다.

무어라 형용할 수 없는 불길한 예감이 강하게 뇌리를 파고들어 왔 다. 불안과 부정의 처음을 느끼게 된 내 마음은 갈기갈기 찢어진 연 처럼 허공 속을 이리저리 나는 듯했다. 시간이 알아볼 수 없을 만큼 아주 더디게 흘러가서 그런지, 온몸에 걸쳐 공허한 마음의 고통이 흘 렀다.

나무 위를 스치고 지나가는 5월의 따뜻한 바람 소리가 유난히 크 게 들렸다.

31

―

뒤숭숭한 마을 분위기

사단사령부로부터 군수물자를 수송해서 방금 부대로 들어온 군수과의 강 병장을 연병장에서 마주쳤다. 그가 방금 내렸던, 비포장도로를 막 달려온 군용트럭은 뿌연 먼지로 뒤범벅이 되어있었고, 트럭의 배기 통에서 뿜어져 나온 시커먼 매연은 내 폐부 깊숙한 곳까지 밀고 들어왔다. 그는 부하 사병들에게 트럭에서 군수품을 내리게 하고는 나에게 할 말이 있는지 저벅저벅 다가왔다.

"조금 전 마을을 지나치는데, 생선가게 주인이 얘기 좀 하자고 해서 트럭에서 내려 생선가게로 들어갔어."

전라도 광주가 고향인 그는 나를 보자마자 무슨 보물단지 얘기라도 하듯, 주위를 한번 휘둘러보더니 조용히 입을 뗐다.

"그래서?"

나는 그의 다음 얘기가 무척 궁금했다.

"그 생선가게 주인의 사촌이 되는 사람이 전라도 광주에 살고 있는데, 어제 그 사촌이 급히 이곳에 와서 머물고 있다던데."

강 병장은 숨도 쉬지 않고 말했다.

"그럼 최근 광주소식을 제대로 들을 수 있었겠네?"

나는 강 병장의 얘기를 중간에 가로채며 물었다.

"그렇지!"

그는 무엇에 쫓기듯 급히 대답했다.

강 병장은 윗주머니를 뒤져 담뱃갑을 꺼냈다. 그는 담뱃갑 뚜껑 가장자리를 손톱으로 돌아가며 뜯어 열고는, 담배 한 개비를 꺼내 나에게 먼저 한 개비를 권했다.

"아, 미안, 나는 담배를 피우지 않아."

나는 손사래를 치며 말했다.

"그래? 담배 안 피우는지 몰랐어."

그는 내 말이 끝나기가 무섭게 담배를 입에 물고는 조용히 라이터 불을 붙였다. 담뱃불이 빛을 발하기 시작했다. 그는 허공을 바라보며 폐부 깊숙이 담배 한 모금을 쭉 빨아들였다.

"그 사촌 말에 의하면, 지난 5월 18일 0시를 기해 언론, 출판, 방송

의 사전검열, 정치인들의 연행, 각 대학에 대한 휴교령과 함께, 전날
인 17일 밤 10시경에는 광주에 공수부대를 투입해서 대학교에 진주
했데."

그는 잠시 말을 멈췄다. 담배를 빨 때마다 그의 얼굴은 일그러졌
다.

"5월 27일 새벽에는 시민들이 차지했던 전남도청에 대해 M16 소
총, 수류탄, 장갑차, 헬기 등 각종 화기로 무장한 수천여 명의 계엄군
이 무자비한 진압 작전을 펼쳐 너무도 많은 사람이 죽어 나갔다고 하
네."

잠시 후 그는 내 표정을 조심스럽게 살핀 후 말을 계속 이어 나갔
다.

"임산부까지도 인정사정 봐주지 않았데."

담배를 피우던 손을 아래로 내린 채 그는 말했다.

"지금 광주는 온통 피바다로 야단법석인데, '전두환은 곧 대통령으
로 취임한다'는 소문이 돌고 있어."

강 병장은 침울한 표정으로 마지막 순간까지 뻑뻑 피우던 담배꽁
초를 땅바닥에 비벼 껐다. 그는 침을 칵 뱉고는 머리를 가로저으며
말을 했다.

"드디어 외국 매스컴에서도 광주소식을 톱뉴스로 다루기 시작했다
고 하네."

그는 계속해서 말을 했다.

"그럼 최근 군 비상경계가 광주와 관련이 있는 거네?"

나는 그에게 동의를 구하듯 물었다.

"……."

우리 둘 사이에는 무거운 침묵만이 자리를 대신했다.

나는 강 병장의 말을 들으면서도 정확한 상황을 알 수 없어, 그저 가슴만 답답해졌다.

심각한 표정의 강 병장과 헤어지고 나서, 나는 부대 밖으로 잠깐 외출할 일이 있어 중대 인사계로부터 외출증을 받아들고 마을로 내려갔다. 마을로 내려가는 길에는 크고 작은 플라타너스가 마치 군대 열병식에 참가한 군인들처럼 쭉 줄지어 가지런히 서 있었다.

마을 중심지인 삼거리에 도착하니 오늘따라 사람들이 삼삼오오 모여 재갈 재갈 하는 광경이 눈에 띄었다. 그들은 군부대가 많이 밀집된 이 강원도 두메산골에서 오롯이 군인들만 보고 생업에 종사해온 마을 사람들이었다.

그들은 완연히 질린 낯빛으로 주위를 살피며 대화를 하고 있었는데, 그들의 표정에는 뭔지 모를 불안한 그림자가 짙게 드리워져 있었다. 그들의 대화 속에서 내 귀에 간간이 들려오는 '광주', '계엄군', '사망자', '관', '꽃무덤' 등등의 단어에서는 피비린내가 물씬 풍기는 듯했다.

길을 걷는 내내 계속해서 그들이 뱉어낸 단어들이 내 귓가를 빙빙 맴돌았다. 머리 위로 대롱대롱 매달린 밧줄을 숙연하게 맞이하는 사형수의 운명과 같은 절박함이 문득 느껴졌다. 아직도 사태파악은 제대로 되지 않았지만, '광주사람들의 한이 맺힌 응어리는 피를 토하는 그런 아픔을 수반하는 것'이라는 생각에 이르렀다. 여러 가지 생각들이 거미줄처럼 뒤엉켜 찰싹 나에게 달려드는 듯했다.

길 양쪽으로는 거뭇거뭇한 포플러나무 나뭇잎들이 무심하게 부는 바람결에 파르르 떨고 있고, 저 멀리 옅은 초록색으로 물든 언덕 아래로는 몇몇 농가들이 보였다가 서서히 시야에서 사라졌다. 잘 다듬어지지 않은 억센 풀숲 뒤로 또 다른 농가들 몇몇이 강렬한 오월의 햇살을 받으며 살짝 수줍게 그 모습을 드러내고 있었다. 내가 한 농가 앞을 지나치자 마당에서 뛰어놀던 누렁이 한 마리가 외지인을 경계하는 듯 컹컹 짖어대고, 닭은 푸드덕 홰를 치며 목청 높여 울고 있었다.

맑은 오월 봄날을 가르는 유난히도 부드러운 산들바람은 내 얼굴 이곳저곳을 삽살개처럼 살살이 훑은 후, 어깨를 스치고 지나갔다. 돌로 쌓은 부대 울타리 옆에는 이름 모를 꽃들이 바람이 불면 부는 대로 이리저리 흔들리고 있었다. 울타리 돌 틈새로 똑똑 떨어지는 물은 햇빛을 받아 진주처럼 빛나고 있었고, 축축이 젖어 부드러워진 땅바닥으로부터는 흐릿하고 노란 아지랑이가 모락모락 피어나고 있었다. 5월 말의 오후는 뜨거움 그 자체였다.

'5월의 전라도 광주'의 그 낭자한 선혈이 내 뇌리를 송곳처럼 파고 드는 것 같았다.

이제야 나는 마치 기나긴 꿈에서 막 깨어난 것 같은 느낌이 들었 다.

32

___

초등학교 친구의 면회,
간첩출몰 소동

어느 날, 점심시간 무렵이었다.

입영 전날 나에게 저녁식사를 사주었던 미혜를 비롯해서 초등학교 때 친했던 친구들 네 명이 정말 몇 년 만에 이곳 부대까지 와서 내 면회를 신청했다. 정문보다는 후임들이 보초를 많이 서는 후문으로 가서 친구들이 내 면회신청을 했는데, "비상이라 면회가 절대 안 된다"는 것이었다.

이런 연락을 받은 나는 실망감에 '멀리서나마 친구들 모습이나마 보고 돌아가자'는 생각에 미치자, 초소가 보이는 뒷산으로 열심히 올라가게 되었다. 거의 부대 뒷산 정상에 오를 무렵, 사복을 입은 남자 서너 명이 저 밑에서 올라오더니 나에게 다가왔다.

"여기에 왜 올라 오신건가요?"

그 중에 선임으로 보이는 한 남자가 물었다.

그 일행 중에는 건장한 남자들이 있는 것을 볼 때, 아마도 헌병대나 보안대 출신 같아 보였다.

"네?"

나는 그들의 등장에 깜짝 놀랐다.

"이곳에 왜 올라왔냐고 묻고 있지 않습니까?"

일행 중 한 명이 못마땅한 표정으로 나를 다그쳤다.

"아! 친구들이 면회를 왔는데 비상이라 면회가 안 된다고 해서, 먼 발치에서라도 그들을 보려고 이렇게 올라 왔습니다."

나는 분위기를 보며 되도록 공손히 대답했다.

"지금이 어느 때 인줄 아세요? 저 밑에 좀 봐요!"

그는 약간 신경질적인 투로 말했다.

"당신 때문에 누가 간첩신고를 해서 지금 몇 개 중대가 당신을 잡으러 올라오고 있다고요!"

그의 말투는 절정에 다다르는 듯했다.

그의 일행들 역시 기가 찬 모습을 지었다.

나는 그의 말대로 산 밑을 내려다 봤다. 산 밑을 내려다보니 군인들이 개미 떼 같이 험한 능선을 에워싼 채, 줄지어 산을 오르는 게 보였다. 사실 나는 앞만 보고 산을 오르느라 뒤에 누가 나를 따라서 올라오고 있는지 전혀 예상하지 못했다.

"당신 어디 소속이야?"

그는 퉁명스럽게 물었다.

"ㅇㅇ부대 본부중대 소속인데요."

나는 윗주머니에서 병역수첩을 꺼내어 그들에게 보여주었다.

"일단 내려갑시다! 신원확인을 해야 하니까."

일행 중 다른 사람이 말을 거들었다.

나는 그들에게 미안한 감정을 지닌 채, 그들과 함께 초소로 내려왔다. 초소에 내려오자마자 여러 명 중 한 건장한 사내가 이리저리 전화하느라 분주했다.

약 10분쯤 시간이 흘렀을까.

"상황종료!"

그는 누군가에게 이렇게 말하며 짧게 전화를 끊었다.

"상황이 상황이니까, 친구들 얼굴만 보고 부대로 들어가세요!"

그는 마지못해 초소에서 기다리고 있던 내 친구들과의 면회를 허락하고는, 일행들과 함께 왔던 길로 되돌아갔다.

이렇게 해서 나는 초소 옆 잔디 위에 설치된 벤치에서 짧은 시간이나마 친구들과 회포를 풀 수 있었다. 정말 오랜만에 소꿉친구들과 함께하니, 웃음꽃이 활짝 피었다.

그러나 그 순간도 잠시였다.

면회 중에 "중대본부에서 급히 나를 찾는다"는 전갈이 와서, 나는 친구들과 같이 먹던 점심 도시락도 급히 거두고 내무반으로 복귀해야만 했다. 나는 친구들과 깊은 얘기도 나누지 못하고 다음을 기약해야 했기에 너무나도 이 시간이 아쉬웠다.

"요새 시국이 뒤숭숭하지?"

나는 미혜를 위병소 뒤쪽으로 불러서 조용히 물었다.

"무사하게 제대해서, 서울에서 다시 봐!"

그녀는 최근의 사태에 대해 많은 사실을 알고 있는 듯 보였으나, 나를 생각해서 그랬는지는 몰라도, 나에게 깊숙한 얘기를 하지 않은 채, 그저 '몸을 조심하라'는 말만 신신당부했다.

나는 마을로 내려가는 친구들의 뒷모습을 고개 너머로 사라질 때까지 뚫어지게 내려다 봤다.

Chapter 08

두메산골에 울려 퍼진
마지막 한 발의 총성

33

—

제대 전 마지막 휴가, 군 병원 면회

그동안의 비상경계령이 해제되면서, 나는 말년병장으로서 어느 정도 마음의 여유를 찾을 수 있었는데, 마침 나에게 '군에서의 마지막 휴가명령'이 내려왔다. 휴가명령이 내려오지 않았더라면, 나 역시 얼마 남지 않은 전역을 앞두고 마음의 병으로 시름시름 앓아누울지도 모르는 상황이었기에 나는 천만다행이라고 여겼다.

한여름을 향해 성큼 다가선, 하늘과 산밖에 보이지 않는 이곳을 하루빨리 벗어나고 싶었다. 사람들의 체취를 느끼며 부대끼던 순간들이 견딜 수 없도록 몹시도 그리워서 그런지, 나는 시외버스터미널로 뛰어가다시피 했다.

마을 중심을 가로질러 걸어가는 길에, 저 멀리 마을전화국이 눈에 들어왔다. 내가 일병 때 당시 말년병장들의 심부름으로 마을전화국 교환실을 들러 미스 김을 잠깐 본 기억에다가 그 이후 잠깐이었지만 한때 그녀를 짝사랑했던 기억이 함께 오버랩되었다.

교환실 창문 너머로, 오늘도 여느 때와 같이 3명의 여성 교환원이 정신없이 교환대 앞에 앉아서 고객들의 전화를 연결해주고 있었다. 나는 '입대한 이후 본 여자 중에 제일 예뻤던 미스 김'을 창문 너머로 찾아냈는데, 지난번 봤을 때와는 다르게 그녀는 임산부 복을 입고 근무하고 있었다.

그 사이에 미스 김은 결혼을 해서, 현재 임신 중인 것 같았다. 나는 미스 김이 본부중대 선임하사 부인의 친동생이라는 사실을 떠올리며 계면쩍은 미소를 혼자서 머금고는, 부지런히 마을 시외버스 정류장으로 발걸음을 재촉했다.

버스에 올라서 안을 휘둘러보았다. 덜컹거리는 버스 안에는 '그리운 사람들을 만난다'는 설렘으로 가득한, 휴가를 나가는 장병 몇 명만이 뜨문뜨문 자리를 차지하고 있었다.

나는 아무 생각 없이 달리는 버스의 창밖을 내다봤다. 차창 밖으로는 지루하리만치 밋밋한 산골 마을의 풍경들이 휙 스쳐 지나갔다. 활짝 열어젖힌 차창으로 산골 마을 특유의 냄새가 코를 찌르고 있었으며, 이름 모를 나무들 역시 이에 질세라 고유의 향기를 내뿜으며 그

자태를 뽐내고 있었다.

나는 하찮은 풍경이지만, 순간 하나라도 놓치지 않으려고 버스 차창에 바싹 몸을 붙이고는, 밖으로 펼쳐지는 마을 모습을 사진기처럼 열심히 동공에 담았다. 가끔 지나치는 마을들은 편안한 풍광으로 마음 한구석에 자리를 잡았다.

이 모든 것이 영화에서나 볼 수 있는 모습으로 나에게 푸근하게 다가왔다. 제대하고 나면 이 강원도 두메산골의 아름다움과 차분함이, 손때 묻어 반질반질하고 향긋하게 다가오는 추억과 함께 세월의 저편으로 망각 될 모습이기에 더욱더 그랬는지 모르겠다. 지나간 시간 속에 켜켜이 쌓인 추억들은 진한 향수를 불러일으키기에 충분하였다.

나는 그동안 굵직굵직한 사건들로 인해 까맣게 잊고 있었던 춘천 군 병원에 입원해있는 박 일병이 불현듯 생각났다. 그래서 지난번 휴가 때와 마찬가지로 서울로 가는 길에 춘천 군 병원을 들러 박 일병을 마지막으로 면회를 할 계획을 세웠다.

사단 예하 부대인 ○○ 연대 부근을 지날 무렵 나는 창밖으로 시선을 돌렸는데, 마침 사단 예하 연대병력이 훈련하고 있었다. 휴식시간에 옹기종기 모여 있는 병사들의 지칠 대로 지친 까무잡잡하고 초라한 몰골에, '나 역시도 지난번까지는 저렇게 훈련을 받았었지'라고 하면서 그 병사들의 현재 심정을 충분히 헤아릴 수 있었다.

나는 버스 창문을 열어 휴가차 챙긴 건빵, 별 사탕, 화랑 담배 등을 그들에게 던져주었다. 그랬더니 그 병사들이 우르르 서로 밀치며 달려와서 이것들을 줍기에 혈안이 되었다. 이 모습을 보니 마음이 극도로 짠해지기 시작했다.

산 하나를 넘어 커브 길을 도니, 초소에서 헌병이 검문을 위해 버스에 올랐다.

"곧 있으면 전역하시겠네요? 그동안 진짜 고생 많으셨습니다."

그 헌병은 나를 보고 정중히 경례하였다.

군번을 보니 입대한 지 얼마 되지 않은 신병이었다. 아마도 나를 보고는 '하늘 같은 고참'으로 생각했는지, 몹시 부러워하는 눈치였다.

헌병이 버스에서 내리고 난 후, 버스는 꾸부정하고 좁은 비포장도로를 다시 달리기 시작했다. 버스 차창 밖으로는 약 2년 반 전에 처음 이곳으로 자대배치 받을 때 보지 못했던 넓디넓은 하늘이 구름을 벗 삼아 여유로움을 한껏 뽐내고 있었다. 이 모든 풍경이 오늘따라 내 눈앞에 선하게 보였다.

"이 병장님! 몇 번씩이나 면회를 와주어 감사합니다."

군 병원에 입원하고 있는 박 일병이 조용히 입을 열었다.

박 일병은 모처럼 평온한 미소를 되찾은 것처럼 보였다.

"고맙기는! 서울 가는 길에 잠시 들른 건데."

나 역시 웃으면서 대답했다.

"당시 입었던 화상 치료가 생각보다 잘 진행되어, 곧 부대로 복귀할 수 있게 되었어요!"

박 일병은 좋은 소식을 나에게 선물처럼 안겨주었다. 나는 그의 말을 듣고 마음이 유쾌해졌다.

"여하튼 부대로 복귀할 때까지 몸조심 잘해!"

나는 박 일병의 어깨를 가볍게 톡톡 두드려주었다.

그는 고개를 푹 숙인 채, 인사말도 없이 가만히 내 말을 듣고만 있었다.

나는 박 일병과 헤어지면서 그의 우수에 젖은 눈빛을 문득 떠올렸다. 박 일병을 생각하면 마치 하얀 성에가 잔뜩 낀 내 마음속을 들여다보는 듯했다.

나는 박 일병의 좋은 소식을 들어서인지, 훨씬 가벼운 마음으로 서울로 가는 기차에 몸을 실을 수 있었다. 나는 설레는 가슴을 억누르며 차창 밖으로 눈길을 돌렸다.

'그동안 굵직한 사건으로 인한 비상경계 등으로 휴가는 꿈도 꾸지 못했었는데…'

그러나 이렇게 '곧 어머니를 만난다'는 현실이 아직도 믿기지 않으나, 어머니를 마음속으로 몇 번씩이나 그리면서, 그리움이 물씬 묻어나는 미소를 나 혼자서 슬그머니 지었다. 그러고는 쭈뼛쭈뼛 살며시 고개를 내미는 어머니에 대한 감정을 마음속에 다시 꽁꽁 가두었다.

나는 기차 좌석에 자석처럼 찰싹 몸을 붙인 후, 덜컹거리는 기차의 진동을 자장가 삼아 나도 모르게 깊은 잠에 곯아떨어져 버렸다.

얼마나 시간이 흘렀을까?

나는 잠에서 깨어나 잠시 기지개를 켜며 기차 창문을 통해 밖을 내다보았다. 어느덧 기차는 청량리역으로 진입하고 있었다. 역에는 분주하게 움직이는 인파들의 웃고 떠드는 소리, 부모님 손을 잡고 여행을 하는 아이들의 즐거운 비명이 가득하였다.

깨끗하고 정돈된 도시로 다시 돌아오니 마치 엄마 품에 안기는 푸근함과 활력이 느껴지기 시작했다. 도시는 역시 생동감과 번잡함을 동시에 들이마실 수 있는 확실한 곳으로 보였다. 그러나 오랜만에 많은 사람을 한꺼번에 대하다 보니 어안이 벙벙해졌다.

기차에서 내린 나는 가장 먼저 윗주머니에서 병역수첩을 다시 꺼내 들었다. 병역수첩에 부착된 내 증명사진은 현재의 초라한 모습을 대변이나 하듯 쓴웃음을 띤 어색한 모습이었다.

처음 입대일로부터 이번 말년휴가까지 알알이 맺힌 시간과 낯설고 가슴이 아린 순간들을 생각하니, 이루 말할 수 없는 감회가 마음 깊숙한 곳으로부터 용솟음치듯이 북받쳐 올라왔다.

30개월을 훌쩍 넘긴 군 생활의 조각 마디마디들을 더듬더듬 풀어

나가며, 군 생활에서 물씬 느꼈던 낯선 시간도 이제는 추억의 한 장으로 고이 간직해야만 했다. 그동안 군 생활에서 만났던 사람들이 흐릿하게 기억되었다. 뇌리에서는 하얀 시간의 연기만이 모락모락 피어오르고 있었다.

꿈과 같은 말년휴가도 번개같이 휙 지나가 버렸다.

34

홍 병장의 오발 사고

어느 날 오후였다.

하늘은 높고 구름 한 점 없었으며, 햇볕은 내 등을 따갑게 내리쬐고 있었다. 나는 중대 인사계가 부탁한 일을 처리하러 3중대 방향으로 가고 있었다. 나는 언덕 위 부대장실 옆에 있는 '암호실'을 지나게 되었는데, 마침 부산에 휴가를 막 다녀온 홍 병장이 '암호실' 앞에서 보초근무를 서고 있었다.

인사과에 근무하는 홍 병장은 부산에 애인이 있어서 가끔 애인이 이곳에 면회를 오거나, 아니면 홍 병장이 부산까지 직접 애인을 만나러 내려가곤 했다. 홍 병장은 부산에 있는 애인과는 결혼을 약속한 사이였기에 '곧 결혼식 날짜를 잡을 것'이라는 소문이 자자했다. 한편 '홍 병장 애인은 낙태 수술도 세 번씩이나 했다'는 우울한 소식도 함께 들려왔다.

"이 병장!"

홍 병장이 보초근무를 서다 말고 나를 불러 세웠다.

"응, 왜?"

나는 일이 있어 급히 홍 병장 앞을 지나가면서 고개만 살짝 돌리며 대답했다.

"할 얘기가 있어."

홍 병장은 나를 붙잡으며 말했다.

"홍 병장! 이따가 보초근무 끝나고 얘기하자. 내가 지금 급한 일이 있어서 그래."

나는 급한 마음에 대충 대답했다.

"이 병장! 내 애인이 고무신을 바꿔 신었어."

홍 병장은 풀이 죽은 목소리로 나에게 얘기했다.

"저런! 어떡하지?"

나는 평소 홍 병장과 그의 애인 관계를 잘 알고 있었기 때문에, 이 말을 듣는 순간 갑자기 내 마음도 무거워졌다.

"그래서 나 좀 위로 좀 해줘!"

홍 병장은 애인이 변심한 사실을 아직도 마음으로 받아들이지 못한 듯, 동기인 나를 붙들고 '휴가 가서 있었던 얘기'를 무척 하고 싶은 표정이었다.

"……"

나는 한동안 잠자코 있었다.

"홍 병장! 미안하다. 이따가 만나서 얘기하자!"

나는 마음이 급해져서 이렇게 말하고는, 3중대 방향으로 내려가려고 몸을 틀어 홍 병장을 등지고 섰다.

"이 병장! 나랑 놀지 않고 그냥 가면 쏜다!"

홍 병장은 장난으로 손에 쥐고 있던 M16 소총 방아쇠에 손가락을 걸고, 총구는 나를 향해 겨냥했다. 그러고는 총알을 장전하는 시늉을 했는데, 이때 '찰칵'하면서 실제로 총알 하나가 장전이 되는 소리가 내귀에 또렷하게 들렸다.

나는 갑자기 심장이 멎는 느낌이었다.

"쏜다! 쏜다!"

홍 병장은 총알이 장전된 줄도 모르고 계속해서 나를 겨냥해 쏘는 시늉을 했다.

"야! 홍 병장! 총알 장전됐어!"

나는 사색이 되어 그를 향해 크게 외쳤다.

"총알이 정말로 장전되었다니까!"

나는 홍 병장을 향해 다시 외쳤다.

홍 병장과 나하고의 거리는 불과 1미터 남짓했다.

나는 너무 긴장한 나머지, 태어나서 처음으로 바지에 오줌을 지리는 상황까지 와버렸다. 그러나 홍 병장은 총알이 장전된 사실을 전혀 모르고 있었다.

순간 얼음장같이 차가운 침묵이 흘렀다.

그 순간이었다.

"탕!"

엄청난 굉음이 부대를 둘러싸고 있는 산골짜기를 울리며 멀리멀리 퍼져나갔다.

나는 몸이 얼어붙은 상태에서, 무언가 번개같이 빠른 속도로 휙 내 어깨 위로 지나가는 느낌을 받았다. 홍 병장 역시 영문도 모른 채, M16 소총을 손에 쥐고 역병에 걸린 사람처럼 부들부들 떨고 있었다. 내 가슴속 역시 '쿵쾅, 쿵쾅' 사정없이 방망이질을 하고 있었다.

마침 부대장 실에서 회의하던 간부들 몇몇이 권총을 손에 쥔 채, 영화장면같이 부대장실 문을 박차고 나왔다. 한 주임상사는 몸을 날리며 땅에서 텀블링을 하는 모습까지 보였다.

"무슨 일이야?"

잠시 후 1중대장이 나에게 다가와서 물었다.

"아, 예, 홍 병장이 실수로 오발한 것 같습니다."

나는 이마에 맺힌 식은땀을 주먹으로 훔치며 대답했다.

"야! 본부중대에 얘기해서 보초를 빨리 교체시켜!"

1중대장은 총소리를 듣고 몰려온 병사 중 한 명에게 지시했다. 그러고는 바로 홍 병장의 M16 소총을 빼앗아 무장해제를 시켰다.

"홍 병장! 일단 본부중대 내무반으로 내려가 있어!"

뒤에 있던 인사과장이 홍 병장에게 지시했다.

그로부터 며칠이 지났다.

홍 병장은 영창을 가는 대신에, 며칠간 근신하는 것으로 이 사건은 조용히 쉬쉬하며 일단락되었다.

나는 오늘내일하는 전역을 앞두고 십년 감수했다. 아직도 내 곁에서 방긋 웃고 있는 행운의 여신 덕택에 죽음의 문턱에서 용케 빠져나온 느낌이었다. 그 날 이후 나는 며칠간 삶과 죽음이라는 문제로 잠을 설쳤다. 아니, '잠을 설쳤다'라기보다는 거의 뜬눈으로 지새운 날이 더 많았다.

어릴 적에 구들장 사이를 비집고 방으로 스며들어온 연탄가스를 잔뜩 맡아 가스에 중독되어 병원 응급실로 실려 가서 겨우 목숨을 건진 이후, 내 생애 두 번째로 죽음과 삶의 경계선에서 무사히 살아남았음을 하나님께 감사하게 생각했다.

35

—

박 일병의 부대복귀

1980년 7월 하순, 어느 날 오전이었다.

"이기자! 일병 박 ㅇㅇ은 오늘부로 본부중대 복귀 명령을 받았습니다. 이에 신고합니다!"

지난번 자살소동을 벌이다 화상을 입고 군 병원에 입원했던 박 일병이 내무반에 들어와 소대원들에게 전속신고를 무사히 마쳤다.

"고생 많이 했어!"

"빨리 네 자리로 가!"

나는 박 일병에게 말했다.

나는 솔직히 박 일병이 지난번에 대형 사고를 쳤기에 이등병으로 강등되는 줄로만 알고 있었다. 당시 상부의 책임 문제 등을 고려하여 '박 일병의 자살소동'을 단순 사고로 처리했고, 따라서 박 일병에게는 어떠한 처벌도 내려지지 않았다. 대신에 화상 흉터가 왼쪽 얼굴에 좀 심하게 남은 것만 빼고는, 여느 때의 박 일병 모습 그대로였다.

내무반에 있는 당시 박 일병의 동기들은 현재 상병 계급장을 달고 있지만, 박 일병은 아직 그대로 일병계급을 달고 있었다.

그러나 점호시간에 느낀 박 일병에 대한 소대원들의 태도는 아주 차가웠다. 당시 박 일병 때문에 내무반 전체 소대원들이 상부로부터 낙인이 찍히는 바람에, 이루 말할 수 없는 고생을 했기 때문인 것 같았다. 그 누구도 박 일병 근처에 다가가지도 않았고, 또한 말을 건네는 소대원들도 없었다.

나는 박 일병과 많은 대화를 나누다 보니, 그동안 잘못 알았던 부분이 있었다. 그것은 '박 일병의 원래 고향은 전라도 광주'였는데, 부모님이 돌아가시는 바람에 서울 마포에 계신 할머니를 따라 서울로 올라왔다는 사실이었다. 여하튼 내 고향 마포하고 공통되는 부분이 있어서 내가 박 일병을 남들보다 많이 챙기게 되는 것 같았다.

1980년 8월 중순, 한여름 오후였다.

바람 한 점 없는 폭염에 빛이 바랜, 중대를 표시하는 나무표지판만이 내무반 입구를 덩그러니 지키고 있었다.

나는 눈 부신 태양으로 가득한 바깥으로 빨려 나가듯 내무반 밖으로 나왔다. 나는 일단 더위를 식히려고 우산처럼 그림자를 길게 드리운 수십 년 된 느티나무 그늘에 앉아있었는데, 박 일병이 볼일이 있는지 나에게 다가왔다.

　"이 병장님!"

　박 일병이 먼저 입을 열었다.

　무거운 숨결이 느껴졌다.

　"응, 왜?"

　나는 대답을 하며 고개를 돌려 그의 위아래를 쭉 훑어봤다.

　그러고는 한동안 물끄러미 그의 얼굴을 쳐다보았다. 가까이서 보니 박 일병은 군 병원으로 후송되기 전과는 다르게 눈동자가 흐리멍덩하고, 넋이 나간 사람처럼 많이 풀려있었다. 무엇인가 동공의 초점이 매우 느리게 움직이는 것 같았다. 그리고 말할 때마다 입술 사이로 혓바닥이 밖으로 살짝 삐져나오곤 했다.

　혹시 군 병원에서 박 일병에 대한 화상 치료 후, '정신병에 관련된 약을 투여한 것은 아닌가?'라는 생각이 들 정도로, 박 일병의 초췌한 눈에서는 흰자위가 많이 보여 무척 생소하였다. 나는 박 일병의 이 모습을 보면서 앞으로 더 이상의 희망은 없는 것으로 판단하였다.

　"이 병장님!"

　박 일병이 다시 나를 불렀다.

그는 나를 한번 쭉 훑어보고는, 눈길을 내리깔면서 히죽 웃었다.

"지난번 군 병원에 입원했을 때, 군의관에게 잘 치료해달라고 그동안 봉급 모은 거 오천 원을 줬어요."

박 일병은 해맑게 웃으면서 말했다.

"왜 그랬어?"

나는 박 일병에게 핀잔을 주듯 물었다.

"인삼주 한 병도 선물로 같이 줬어요."

박 일병은 덧붙여 말했다.

"이번 5월 광주사태 때, 제 애인이 계엄군의 대검에 찔려 죽었어요. 불쌍하죠?"

박 일병은 갑자기 뜬금없이 이렇게 말했다.

그러고는 그는 윗주머니를 뒤지더니, 자기 애인의 사진을 꺼내어 애인의 이름을 계속해서 뇌까렸다. 박 일병의 눈에는 무어라 형언할 수 없는 슬픔이 가득했다.

나는 순간 섬뜩해지면서, 박 일병의 이 말을 어디까지 믿어야 할지 몰라 상당히 혼란스러웠다. 가슴에 휑한 바람이 불었다.

"그래? 불쌍해서 어쩌지?"

일단 나는 착잡한 심정을 감추고 박 일병을 달랠 수밖에 없었다.

"내가 '애인을 대검으로 찔러 죽였다는 계엄군'을 잡아다가 네 앞으로 데려올게!"

나는 이렇게 말하며 박 일병의 아픔을 달래느라 시간이 가는 줄 몰랐다.

지난번, 부대로 박 일병에게 면회를 왔었던 그의 애인을 직접 만나보지 못한 것이 못내 마음에 걸렸다.

느티나무 그늘 밑에는 내무반에서 키우는 강아지 한 마리가 더위를 피해 혀를 밖으로 축 늘어뜨리고 퍼져 자고 있었다.

36

박 일병의 탈영

"비상! 비상!"

갑자기 문이 열리며, 선임하사가 요란한 군화 소리를 내며 황급히 내무반으로 뛰어 들어왔다.

"이번에는 또 무슨 일이야?"

"여기는 맨 날 비상이냐?

모두 투덜거리며 완전군장을 꾸렸다.

마지막 말년휴가까지 다녀온 나는 '며칠 후면 전역인데 또 큰일이 터진 것은 아닐까?'라는 불길한 예감이 불현듯 머리를 스치고 지나갔다.

그런데 옆에 있어야 할 박 일병이 보이지 않았다.

"박 일병 어디 있어?"

나는 나도 모르게 툴툴거리며, 큰소리로 박 일병을 찾았다.

"박 일병이 완전무장 상태로 탈영했어!"

"M16 소총과 탄알 그리고 수류탄 2발을 가졌대!"

선임하사가 나에게 달려오면서 상황을 급히 알려줬다.

나는 나도 모르게 얼굴이 일그러지면서 갑자기 하늘이 노래지는 느낌을 받았다.

'지난번 홍 병장의 오발 사고로 거의 죽을 뻔했었는데, 이번에는 또 뭐람?'

나는 하늘이 너무 원망스러웠다. 나에게만 너무 가혹한 것 같았다.

'국방부 시계는 거꾸로 매달아도 알아서 잘 간다는 말이 있지만, 이건 해도 너무한다'라는 생각이 문득 들었다. 나는 '떨어지는 낙엽도 조심하라는 말년병장의 운명은 여기까지인가?'라는 생각을 하며, '드디어 올 것이 오고야 말았다'는 푸념을 혼자서 잔뜩 쏟아냈다.

박 일병은 엉킨 실타래와 같은 현실을 더욱더 헝클어뜨리고 있는 것 같았다.

모든 부대원은 완전군장을 꾸린 상태에서 부대 주변 산을 샅샅이 뒤지기 시작했다. 나는 부대가 가장 잘 보이는 뒷산으로 소대원들을 이끌고 올라갔다. 올라가는 중에 한여름의 강렬한 햇볕을 피해 이 나무 저 나무 그늘 속을 옮겨 다녔다. 이름 모를 나무숲이 끝난 곳을 통과하자, 산등성이 너머로 아직도 비치고 있는 늦은 오후의 햇빛은 공허한 골짜기의 민낯을 고스란히 드러나게 했다. 골짜기로부터 돌 사이로 졸졸 흐르는 개울물 소리가 오늘따라 유난히 크게 들려왔다.

나는 드디어 빽빽한 숲을 지나 꼭대기의 좁은 샛길을 걸어 조그만 산 정상에 이르렀다. 산 정상에 올라가 밑을 내려다보니 부대원들은 일렬종대로 아주 좁고 가파른 길을 따라 뱀의 긴 꼬리같이 터벅터벅 올라오고 있었다. 모두 완전군장을 꾸린 상태라 그런지 모두 느릿느릿한 걸음이었다. 오직 우리들의 군화 소리만이 산을 울리고 있었다. 산을 오르는 동안 제법 세찬 바람이 등 뒤로 불어댔다. 잠시 후 바람이 거짓말처럼 멎었고, 괴물같이 보이는 숲은 잠잠히 서 있었다.

저 멀리 아스라이 마을의 불빛이 조금씩 보이기 시작했다. 산속 공기는 유난히도 차갑게 내 콧속을 후볐다. 아스라이 저물어가는 분홍빛 저녁노을 지는 산은 엄마 품같이 조용히 모든 것을 감싸 안고 있었고, 산속의 나무, 풀들은 서로 뒤엉켜 거대한 괴물처럼 우리를 덮치는 듯했다. 난로 연통의 그을음처럼 새까만 어둠이 본격적으로 우리를 감싸기 시작했다.

새들도 눈을 살포시 감고 있는 깜깜한 밤이 다되도록 박 일병을 찾아내지 못한 우리는 휴식시간에 풀밭에 아무렇게나 털썩 주저앉아 이마에 송골송골 맺힌 땀방울을 주먹으로 훔쳐냈다.

나는 훈련 중 허기진 적은 종종 있었지만, 이번처럼 불안감이 함께 엄습해온 적은 거의 없었다. 나는 비상식량으로 준 건빵으로 끼니를 때운 후, 허리에 차고 있던 수통 뚜껑을 열어 벌컥벌컥 물을 마셔댔다.

잠깐의 휴식시간이 끝나자 박 일병에 대한 수색작전이 다시 개시되었다. 너무 깜깜해서 그런지 한 치 앞이 잘 분간되지 않아 가파른 길에서는 모두 엉금엉금 기어가다시피 했다. 나무에 부딪히고, 날카로운 나뭇가지에 찔리고, 발을 헛디뎌 넘어지면서도 우리는 겹겹이 내려앉은 커피 색깔 같은 짙은 어둠 속을 힘겹게 헤치고 나아가야 했다.

나는 풀잎에 맺힌 특유의 이슬 냄새가 풍기는 산의 맑고 차가운 밤공기가 느껴졌다. 바람은 없었으며, 안개는 거짓말처럼 말끔히 가셨다. 등 뒤로는 산꼭대기로부터 내려오는 서늘한 미풍을 느꼈다.

고개를 들어 하늘을 쳐다보니 그동안 야위었던 밤하늘을 가득 채운 날카롭게 빛나는 별무리가 아우성치며 폭포수처럼 쏟아져 내렸다. 주위를 둘러보니 별빛이 비쳐 어느 정도 훤해지면서 별빛이 눈에 익숙해지기 시작했다. 나는 하늘에서 학창시절에 배웠던 닻별을 찾으면서, 쓸쓸한 밤을 하얗게 지새웠다.

나는 그동안 느껴보지 못했던 이슥한 밤의 소리를 밤새 들었다. 모든 잡념은 아무 저항 없이, 인간의 손이 아직 미치지 않은 자연 속으로 조용히 파묻히는 듯했다.

내 눈에 어린 두메산골의 밤하늘은 눈이 시리도록 아름다웠다.

37

두메산골에 울려 퍼진
마지막 한 발의 총성

박 일병에 대한 수색을 시작한 지 꼬박 하루가 지났다.

새벽은 순식간에 찾아왔다. 동녘이 자욱한 잿빛 안개를 걷어내며 푸르스름하게 밝아오더니 이내 지새는달마저 수줍은 표정으로 시나브로 숨어버렸다. 저 멀리 나직한 산 위에 해가 솟아오르면서 공중에 떠 있는 입자들이 황금빛으로 반사되기 시작했다.

파란 하늘과 돈을볕의 유리알같이 투명한 햇살이 만드는 환상적인 광경에 우리는 잠시 넋을 잃고 있었다. 내 눈 앞에 펼쳐지는 모습들은 어려서 보았던, 뒷마당에 있는 투박한 장독 속에서 푹 묵힌 메주에서 풍겨 나오는 그 오랜 세월의 흔적같이 푸근하게 나에게 다가왔다.

그러나 박 일병에 대한 어떠한 행적도 찾을 수 없어 밤을 하얗게 새운 우리는 초조해지기 시작했다. 우리들의 발자욱 소리 때문에, 기어코 산속 고유의 적막감이 깨지면서 그 얇은 꺼풀을 서서히 벗겨내고 있었다.

밤새 밤이슬이 풀잎 위로 흠뻑 맺혀, 아침 안개를 밟으며 걸을 때마다 축축한 물기가 군화와 바짓가랑이를 적셔왔다. 서늘한 이른 아침인데도, 밤새 수색을 하느라 목덜미와 겨드랑이 밑으로부터 줄줄 흘러내린 땀이 옆구리까지 흠뻑 적셨다. 쉰 듯한 땀 냄새와 향긋한 숲속의 풀냄새가 서로 뒤섞여 콧속으로 기어 들어왔다. 까슬까슬한 나무들의 감촉을 비웃듯 바람 소리는 아무 일도 없다는 듯 무심하게 아침 공기를 가르고 있었다.

몇 줄기 햇빛만이 새어들고 있는, 나뭇가지 끝과 끝이 서로 거의 닿다시피 한 이름 모를 나무숲을 뚫고, 우리는 발소리를 최대한 죽이며 수색을 했다. 아침과 함께 불어오는 나뭇가지의 바람 소리에도 모두 민감하게 반응을 하였다. 허기 때문에 그런지 위산이 나와 뱃속이 뒤틀리고 있었다. 우리는 건빵 하나로 버티면서 밤샘 수색을 하는 바람에 너무나 지쳐있었다.

눈꺼풀에 무게가 점점 더해져만 가는 바람에, 나는 졸음을 쫓아내기 위해 손등으로 눈을 비비며 정신을 차리려고 부단히 노력을 기울였다. 내 뒤를 따르는 김 상병은 목이 타는지 이름 모를 나뭇잎, 풀잎 등을 따다가 입에 넣고 오물오물 씹고 있었다. 모두 누군가 건드리면 폭발하기 일보 직전이었다. 조그만 구름덩이들이 끼리끼리 모여서 드높은 이곳 강원도 두메산골의 하늘을 천천히 움직이는 모습이 나뭇가지 끝 너머로 보였다. 마침 솔개 한 마리가 먹이를 찾아 머리 위를 빙빙 맴돌더니, 갑자기 건너편 숲 위로 휙 날아가 버렸다.

갑자기 무전병으로부터 다급한 목소리가 무전기를 타고 전신을 휘감았다.

"목표물 발견! 목표물 발견!"

"어디야? 어디?"

우리는 좌표를 찍고 급히 '박 일병이 숨어 있다'는 장소로 신속히 이동했다.

저 멀리 너럭바위가 보였다. 바위 밑으로는 사람 하나가 간신히 들어갈 수 있는 공간이 있어서, 훈련 때 종종 찾았던 곳이라 눈에 익히 익었다. 그러나 내가 있는 곳에서 박 일병이 숨어있는 바위까지는 마치 초점이 맞지 않는 안경을 통해 보이는 물체처럼 상당한 거리감을 느끼기에 충분하였다.

인기척이 들리며, M16 소총 총구가 바위 사이로 삐죽 눈에 띄었다. 우리는 나뭇잎이 수북이 쌓인 바닥에 납작 엎드려 숨을 죽인 채 바위 쪽을 하나도 빠짐없이 주시했다. M16 소총의 안전장치를 풀고 방아쇠에 오른손 검지를 살짝 걸고 나니, 지난번 비상경계 때 M60 기관총 방아쇠에서 느꼈던 것과 똑같은, 얼음장 같이 차가운 감촉이 손가락으로 서서히 전해져 왔다.

머리 위 높다란 나뭇가지 끝으로 바람이 휙 스쳐 지나갔다. 부대원들의 얼굴에는 일말의 불안감이 묻어났다. 나는 너무 긴장한 탓인지 목덜미에서도 땀이 나기 시작했다.

이때 어디선가 갑자기 부대장이 나타나더니, 나에게 저벅저벅 다가왔다. 철모를 쓴 그의 얼굴에는 짜증이 듬뿍 묻어있었다.

"이 병장! 지난번 '박 일병 자살소동' 때에도 임무를 잘 수행했으니, 이번에도 마지막으로 유종의 미를 거둬주었으면 하네!"

부대장은 이마를 찡그리며 싸늘하고 날카로운 어조로 나에게 지시했다. 그러고는 내 등을 톡톡 가볍게 두드려주었다. 시간이 흐를수록 다급한 말투로 변하는 부대장을 바라보며 여러 생각이 들었다.

부대장의 지시가 끝나자마자, 지난번 경우와 마찬가지로 나는 신속히 소총을 땅에 내려놓고 무장을 해제한 후, 두 손을 하늘 높이 들고 박 일병 쪽으로 서서히 올라갔다. 내 뒤로는 수백여 명의 장병들이 M16 소총을 장전한 채, 일제히 박 일병을 향하여 총구를 겨냥하고 있었다.

박 일병은 우울증을 겪으면서 계속 살얼음판 위를 갸우뚱거리며 걷는 것처럼 아슬아슬한 삶을 살아왔지만, 박 일병이 현재 처해있는 상황은 도로 원점으로 원위치시키기에는 '돌이킬 수 없는 루비콘강을 건넌 모양새' 같은 느낌이 퍼뜩 들었다.

"박 일병!"

나는 박 일병을 크게 불렀다.

"이 병장님! 내 애인이 광주사태 때 계엄군의 대검에 찔려 죽었어요. 이제 나 어떻게 살아요?"

그의 목소리는 오늘따라 우리에게 한층 더 불안하고 비통하게 들렸다.

"내 애인은 홀몸이 아니란 말이에요!"

바위 뒤에서 박 일병은 지칠 대로 지친, 괴로운 표정으로 흐느끼고 있었다.

박 일병의 슬픔은 너무도 커서 슬픔 외에는 그 어떠한 감정으로도 대치할 수 없을 것 같은 모습이었다. 슬픔에서 오는 날카로운 절망감이 그의 온몸을 마구 꿰뚫고 흐르는 것 같았다.

"광주에서 내 애인을 대검으로 찔러 죽인 놈을 내 앞에 데려다 줘요!"

박 일병의 몸 밖으로 절규하듯 터져 나오는 목멘 외침은 내 마음속 깊은 곳까지 비수를 꽂는 것만 같았다. 곧이어 그의 기대가 허물어져

가는 것 같은 울부짖는 소리가 들렸다. 그 목소리는 낭떠러지 끝에 서 있는 것 같은 절박감에 쫓기는 듯했다. 그의 분노는 여전히 뿌연 재처럼 묻어나오는 듯했다. 박 일병의 분노가 점차 슬픔으로 바뀌어 가면서 그의 눈가에는 이슬이 촉촉이 맺혔다.

그것보다 나는 그의 애인이 홀몸이 아니라는 사실에 더 큰 충격에 빠졌다. 더더욱 비극적인 것은 현재 해결책이 딱히 보이지 않는다는 사실이었다. 자책감이 내내 내 가슴을 바위처럼 짓눌렀다.

"박 일병! 나랑 얘기 좀 하자!"

나는 그의 마음을 도닥거리면서 마음을 바꾸기를 기다렸다.

"이런 껍데기 삶이 싫어요!"

머리를 가로저으며 외치는 박 일병의 목소리에는 무언가를 갈망하는 듯한 울음이 섞여 있었다. 그의 울음소리가 간간이 떨리는 소리로 점차 바뀌어 갔다.

세상을 향한 처절한 흰 빛의 몸부림처럼 느껴졌다.

나는 방금 박 일병이 내뱉은 말을 곱씹는 순간, 그 말이 무엇을 의미하는지 누구보다도 잘 알고 있었다. 박 일병과는 큰 이질감의 벽만 서로 확인한 채, 생각보다 많은 시간이 이 상태로 흐르고 있었다.

"이 병장! 뭐해?"

내 뒤로는 무척 다급해진 부대장의 짧은 금속성 외침이 카랑카랑하게 터져 나왔다.

"이 병장님! 가까이 오지 마세요!"

앞에서는 금방 눈시울이 붉어진 박 일병의 감정이 북받친 간곡한 부탁이 또 들렸다. 억눌린 듯한 메마른 그의 울음소리가 은은하게 들려왔다.

나는 박 일병과 참으로 모진 운명의 그림자를 보는 듯했다. 끈적끈적한 친근감과 그동안의 일들이 함께 오버랩 되면서 격한 감정의 기복과 함께 내 입은 바작바작 타들어갔다. 심장의 고동 소리가 막 들려오기 시작했다.

박 일병은 어쩌면 스스로 몸 안의 깊은 바닷속으로 큰 바위 같은 묵직한 닻을 내려버려, 이제는 오가지도 못하는 배와 같은 운명이라는 느낌이 들었다. 무어라 형용할 수 없는 허탈감이 내 가슴 속으로 갑자기 엄습해오기 시작했다.

내 앞뒤로 이러지도 저러지도 못하는 난감한 상황이 발생하면서, 납덩이보다 더 무거운 침묵과 함께 뇌세포가 하얗게 멈추는 그러한 긴장감이 잠시 감돌았다.

그 순간이었다.

"탕!"

허공에 번쩍하는 섬광과 함께 엄청난 굉음이 고막을 때렸다. 갑자기 모든 것이 혹독한 영하기온의 시베리아 얼음처럼 차갑게 정지되어버린 것 같은 느낌이었다. 부드러운 정적 속의 나뭇가지에서 숨을 죽이고 잠을 청하던 이름 모를 새들이 벼락 치는 소리 같은 총성에 깜짝 놀라 푸드덕 빠르게 날갯짓을 하며 무리를 지어 하늘로 날아올랐다.

총성은 두메산골의 평화로운 고요를 깨면서, 끝없이 뻗은 겹겹이 둘러싸인 높은 산들을 헤치고 저 멀리 메아리쳐 나갔다.

1980 화악산

인쇄 · 발행	2018년 6월 21일
지은이	제임스리
펴낸 곳	꿈과 비전
발행 · 편집인	신수근
편집디자인	한미나
등록번호	제2014-54호
주소	서울 관악구 관악로 105 동산빌딩 403호
전화	02-877-5688(대)
팩스	02-6008-3744
이메일	samuelkshin@naver.com

ISBN 979-11-87634-10-2 부가기호 03810
정가 13,000원